ON A SUPERMARCHÉ SUR LA LUNE

Sébastien Joanniez

ON A SUPERMARCHÉ SUR LA LUNE

LA JOIE DE LIRE
depuis 1987
ENCRAGE

Pour Yann, la musique d'une vague
dans l'océan du cœur.

«Je n'ai jamais pleuré depuis que je te connais.
J'aime trop mon amour pour pleurer.»

Robert Desnos, *Corps et biens*

SEPTEMBRE

23h57

Je suis en mode avion. Avant la confirmation du mot de passe. Genre allumée mais pas connectée. Pas la peine de me chercher un code PIN. Un protocole IP. J'ai disrupté. C'est mon espace personnel.
Là tout est à moi, pour moi, comme je veux, comme je sens, comme je suis. Et j'en sors comme j'y reste : quand j'ai envie. Pas besoin d'une alarme, d'une alerte, d'un bip, d'un tûûûût, d'un driiing.

On peut me laisser un message, je le lirai plus tard. Quand je serai revenue au monde. À la réalité. Qui nous donne des messageries privées. Avec des amis inconnus. Sur des écrans-vitrines où la lumière est artificielle, comme le reste.

En attendant j'écris. J'essaye de raconter. Ma vie. Du matin au soir. Les heures à chercher comment se lever, pour quoi faire, avec qui, où, jusqu'au coucher. Puis la nuit, les rêves. Je raconte tout. Pour moi.
Pour quelqu'un peut-être aussi. Quelqu'un qui osera ouvrir. Prendre le temps de lire. Quelqu'un comme ça existe sûrement. Quelque part. J'espère ?

Erithacus rubecula

Ce matin j'ai cru voir une femme nue,
elle m'a préparé un petit-déjeuner occidental, omelette
et jus d'orange,
elle m'a lavé les dents et le visage,
elle m'a habillée, m'a ouvert la porte et emmenée au collège.
Puis elle est partie, toute nue, vers le gymnase, je crois.

Je me suis réveillée dans la cour,
je reconnaissais tout le monde, les élèves, les profs, les pions,
ils buvaient un café en maudissant l'hiver précoce qui s'abattait sur nos printemps, qui massacrait nos étés indiens,
qui gelait nos envies.

J'ai appris l'existence de moi-même, nombril et compagnie,
au self,
je me suis servi un plateau plein, l'ai vidé sur les pieds
de mon ex pour lui garantir qu'on resterait amis.
Le conseiller d'orientation nous a offert un dossier vide,
à remplir avec des fiches.
Je rêvais par la fenêtre de la salle 407,
la neige tombait du toit sur les voitures du parking
du personnel,

un oiseau skieur glissait sur les tuiles et revenait s'envoler,
le prof m'a vue, m'a envoyée dehors ramasser la neige.

Ici pas de permanence, que du provisoire,
des provisions de pelles à rouler,
de pelles à neige,
de peaux qui pèlent à trop désirer.
Les peaux, les poils, les pôles,
poussent, s'attirent, se repoussent, se retirent,
sans jamais oublier de se prendre au sérieux.

42 kg 560

C'est le soir,
j'ai laissé mes parents vieillir dans la cuisine,
j'ai trop de choses à faire, je m'occuperai d'eux plus tard,
au cimetière.

Je dois calculer la masse intégrale d'une cité comme
l'Atlantide,
en émettant l'hypothèse d'une pierre à 100 kg,
d'une façade à 10 000 tonnes,
j'arrive à m'engloutir dans la solution jusqu'au repas.

À table,
ni frère, ni sœur, ni parents,
mais des bouches, des dents, des cuillères,
des assiettes familières.
Les mots pataugent comme de la neige fondue dans
les verres.
Je n'irai pas jusqu'à dire la vérité, pour peu qu'elle éclabousse
les pyjamas neufs et la jolie nappe à fleurs,
je serai condamnée à la purée éternelle.

Pourtant j'ai compris quelque chose.
Ici même, dans cette ville où rien n'arrive, j'ai compris
quelque chose.

Mais comment dire,
entre le fromage et le dessert,
à des fourchettes en chair,
l'idée qui m'a changé la vie ?

Je préférerais me noyer dans le jacuzzi de monsieur Almeras, mon voisin collectionneur de cadavres insectes oiseaux qui finissent punaisés sur le grand mur de son salon.
J'y serais la pièce monstre.

Je préfère parler à Mano, mon pote qui comprend tout, surtout le bizarre, pendant qu'on cherche dans le calendrier de notre agenda un prénom pour madame Dimanche, la prof d'histoire :

— Pâques ?
— Pentecôte ?
— Épiphanie ?
— Mano, je crois que je sais ce que je veux faire dans la vie, je dis.
— Ah ? il répond sans relever la tête de l'agenda.
— Ouais.
— C'est quoi ?
— Rien.
— Hein ?
— Rien.
— C'est-à-dire ?
— Je ferai rien. Mais bien, hein ! Rien du matin au soir, du soir au matin.
— Tu déconnes ?
— Ouais. C'est un début de chanson, j'ai fait une chanson, c'est ce que je veux faire dans la vie : des chansons.
— Cool.

— Faut que j'apprenne la guitare, tu m'aideras, tu sais jouer toi ?
— Ouais.
— Cool.

Il me montre le portrait de la prof d'histoire, qu'il vient de tracer au crayon dans l'agenda. On rigole. J'ai une autre idée soudain :

— Et si on faisait un groupe ?
— Ouais. On s'appellerait Épiphony ?
— Ok !

Il est con, comme un agenda, mais c'est mon pote, mon guitariste, mon fou rire.
Je donnerais tous mes dimanches pour lui.

145 cm

La vie suit son cours, des cours, du train-train des jours à prendre l'un après l'autre par la poignée du réveil, du bus, du réfectoire, des classeurs, à suivre la flèche jusqu'au brevet. Une note catastrophe en maths, une mauvaise note en histoire, une note excellente en sport, un exposé médiocre, un avertissement, j'accumule les bonnes et les pires nouvelles.
Et bien sûr je peux mieux faire, ok je dois m'accrocher, persister oui, prouver, montrer, démontrer, monter, démonter, remonter mes moyennes au sommet des meilleurs, j'ai compris !
Mais je m'accroche à quoi ? Je prends pied où ? Je m'élance de quelle base ? Tout est mouvant, sable et compagnie, sous moi, autour, ici. Alors qu'on me donne un coin sûr pour poser mon premier pas, et je promets de m'envoler !

(Par exemple, au chapitre des problèmes : comment, dans un sac de 52 x 22 x 18 cm, réussir à ranger trois manuels, quatre cahiers, deux trousses, règle, compas, équerre, baskets et tenue de sport, un roman et une pomme ?
Je ramasse les réponses dans trois trimestres, le temps de me casser le dos.)

)

(^_^)

À la récré on est en ligne,
les uns à côté des autres,
assis sur le mur,
chacun connecté,
le téléphone en main :

Laurine prend Nina et Tino en photo qu'elle partage et commente,
Lucie Mano Momo Carrie et moi on commente son commentaire,
Nina taggue l'image et identifie Tino qui identifie Nina qui commente mon commentaire,
Momo partage la photo retouchée avec Tino la bouche en cœur et Nina les yeux de biche,
Laurine aime, Carrie adore, Mano se marre et moi aussi,
commentaires photos commentaires émoticônes symboles commentaires photos,

mais la sonnerie de la récré sonne,
tout le monde décroche.

Je monte les escaliers avec Lucie,
dans le grondement des pas qui grimpent, marche après marche,

je lui demande si elle connaît quelqu'un qui joue de la batterie ?

— Oui, mon père, mais il a déjà un groupe, sinon moi je sais un peu jouer…
— Nickel, moi je sais un peu écrire et Mano il sait un peu gratter.
— Y'a aussi Lila qui joue du clavier, et Micha qui joue de la trompette.
— Ok, tu peux leur demander ?
— Ok.
— On s'appelle Épiphony.
— Cool.

On entre dans la salle de sciences physiques,
robinet labo tube à essai station électrique,
si seulement on apprenait à fabriquer un ampli de guitare
ou la chimie des émotions
ou la fréquence d'une langue qui chante
ou les forces en présence dans une amitié,

mais le prof nous explique le principe du climatiseur.

OCTOBRE

Mardi

Il faut que je m'épile, que je me coiffe, que je me parfume, que je me déguise, que je me maquille, que je m'enferme dans le miroir de la salle de bains.
Il faut que je ressemble à l'image collée sur l'écran de ma génération.
Une fille à l'égal d'un garçon. Une jeune qui ne vieillit pas. Une surdouée cancre. Un équilibre entre deux extrêmes, extrêmement impossible.
Mais c'est ce qu'il faut. Si je veux le permis de survivre. Le droit d'en baver.
Et nombreux sont mes concurrents, mes ennemies, dans le monde réel-virtuel. Qu'à lancer une recherche. Des profils. Des parcours. À la pelle. À l'appel. En ligne. Qu'une tête qui dépasse : la mienne, la mienne, la mienne ! Et mon cul ! Ma vie ! Mon projet !

Et pas la peine de comprendre, juste le devoir d'apprendre, par cœur, par cul et chemise, l'Histoire (avec un grand H de Honte, Horreur et Holala) de France (avec un grand F de Fuck, Foutre, Fusil d'assaut de l'armée Française, Fédération nationale de la chasse à la French touch), la nation est grande et moi aussi, pas besoin de me répéter le règlement, la loi du plus fort !

J'apprends j'apprends j'apprends Monseigneur, mon professeur, mes dates de débuts et de fins, de couronnements et d'assassinats, de batailles et d'attentats, du fil d'épées en aiguilles de drapeaux, j'apprends j'apprends la fureur la haine la vengeance le mensonge de mes rois de mes princes de mes empereurs de mes ministres de mes présidents français, main dans la main de mes reines et princesses françaises !

Je tire comme une bonne petite Française de souche mes leçons du passé à la chevrotine, aux missiles de Mirage. Je rêve d'une Europe française, barbouillée de camembert, inondée de cassoulet, noyée de Bourdeauxxx Borgogniiie Champèèèèègne, parfumée au Tchanel, une Europe même un monde franco-francophile ! Où la moindre bouse serait bleu-blanc-rouge !

Et la Marseillaise, par cœur j'apprends ! Oui-Oui ! Oh oui ! Martine et Bécassine j'adore ! Aux armes citoyens ! Marchons marchons ! Faisons marcher ! Démarchons ! Chantons ! Faisons chanter ! Déchantons ! Le chant de la nation nationale ! Du sang pur ! De la merde d'ici ! Dans nos sillons ! Des larmes estampillées ! Dans la terre de France !

23 h 52

C'est la nuit,
j'ai un devoir sur les volcans,
lave, magma, geyser,
la fièvre, le front chaud, les bras mous, les jambes molles sous mon bureau, les aisselles trempées. Je suis un Etna. Un Piton. Un Vésuve. J'ai Pompéi à mes pieds. Des milliers de cadavres statufiés. Première partie : La formation. Deuxième partie : L'éruption. Troisième partie : L'extinction. Je crache des flammes à travers la nuit : j'écris ma rédaction. Point final. Deux heures du matin. Je me lève dans quatre heures. La maison dort. J'ai envie de sortir, prendre l'air, marcher. Je descends l'escalier, traverse le salon, ouvre et ferme la porte, je suis dehors, d'ombres en lumières, j'avance, fantôme vers le feu.
Vert. Orange. Rouge. Vert. Orange. Rouge.
Personne. Les rues désertes. Même pas une voiture, pas un chien, rien qui apparaît pour disparaître. Quelques ampoules allumées à quelques fenêtres, pour éclairer qui ? Moi. Seule.
Je prends à droite. À gauche. Supermarché. Coiffure. Assurances. Banque. Laverie. Quelqu'un. Dans la laverie. Fait sa lessive. Une meuf. Seule. Elle fume. Immobile. Face à la machine qui tourne. Sous les néons. Derrière la vitrine. Ses épaules qui sortent d'un t-shirt. Ses baskets.

De l’autre côté du trottoir. Je la regarde. La fatigue dans les yeux. Je plisse. Je divague. Vois mal. Flou. La silhouette change. Bouge. S’allonge. Me fixe. Ses yeux fument. Elle sort de la laverie. Face à face. La rue entre nous.

— Bonsoir ? elle dit.
— Bonsoir.
— Ça va ?
— Oui.
— Le moment de se promener ?
— Le moment de laver son linge ?
— Pas sommeil.

Elle traverse la rue, s’approche de mon trottoir.

— Je suis insomniaque.
— Moi aussi.

On se raconte. On se tutoie. Elle me propose une clope.

— Non merci.

Elle fume.

— Et toi ?
— Célibataire.

On bâille. La machine finit son cycle.

— Tu veux venir chez moi ?
— Trop tard. Demain collège.
— Comment tu t'appelles ?
— Rosa.
— Salut. Samia.
— Salut.

On se serre la main. Je rentre chez moi. Sous les feux, les platanes. J'avance. Je monte l'escalier. Me couche tout de suite. Lessivée.

Chanson dans mon lit
quand la nuit est folle

Je ne me comprends peu
Tu ne te comprends plus
Il ne se comprend pas
Elle ne se comprend rien
Nous ne nous comprenons qu'à moitié
Vous ne vous comprenez guère
Ils ne se comprennent jamais
Elles ne se comprennent point

450 kcal

Au matin tout chante.
La casserole sur le feu.
La vitre dans le vent.
La porte sur ses gonds.
L'eau dans le verre.
Mon père qui raconte une blague.
Ma sœur qui fouille dans le vide-poches.
J'écoute. Je cherche. Dans les voix les musiques les refrains de tout ce qui bouge. À la cuisine l'escalier la toiture. Je traque une mélodie cachée et griffonne sur une enveloppe vide :

Le bois du toit craque
comme moi comme toi comme nous.

Puis je m'amuse :

Le moi du toit braque
Le toi sur moi marque
Le roi du bois claque
Comme un fou.

Je finis par tout jeter.
Je suis en retard. Je file à la salle de bains.
Mes parents parlent à l'intérieur. Je les écoute :

— La serviette jaune c'est la mienne, dit mon père.
— La blanche.
— Non, la jaune. La blanche c'est à quelqu'un d'autre.
— La blanche est à tout le monde.
— Pas à moi.
— La jaune aussi est à tout le monde. Ici on partage les serviettes.
— Les enfants ont des poux, c'est pour ça que j'ai ma serviette !
— Pas besoin de crier ! J'ai compris ! Tiens ta serviet…

Je frappe à la porte.

— Je peux entrer ?
— Non !
— Je suis en retard !
— C'est occupé !
— Mais je vais rater le bus !

Ils ouvrent la porte. Ma mère assise sur une malle à serviettes se lave les dents.

— C'est ma brosse à dents ! je dis.
— Don f'est la bienne !
— La rose c'est la mienne !
— Don !

Mon père sort de la douche et se sèche avec la serviette jaune.

— Et les brosses à dents on les partage ici aussi ?

Ma mère lève les yeux au ciel et me rend ma brosse à dents. Mon frère entre dans la salle de bains. Ma sœur aussi. On est cinq au coude-à-coude au-dessus du lavabo.

— C'est mon tour !
— Non c'est à moi !
— Je pars en premier !
— J'ai rendez-vous !
— Pousse-toi !
— Laisse-moi !
— J'ai pas fini !

Ils s'éjectent de la salle de bains. Mon père la serviette jaune autour de la taille court s'habiller dans sa chambre. Suivi de ma mère les chaussures à la main. Poursuivie par ma sœur avec un flacon de parfum. Mon frère les cheveux pleins de gel essaye de les lisser devant la glace. Je le pousse d'un coup d'épaule. Il glisse à plat ventre sur la serviette blanche. Je crache dans le lavabo.

— C'est mon miroir, il dit relevé.
— C'est le mien !

— Qui tu vois là ?
— Moi.
— C'est moi !

Je le chasse de la salle de bains et je ferme la porte. Mon frère est l'enfant de mes parents. Moi non. Je ne ressemble qu'à moi dans mon miroir.

J'essaye des styles. Aujourd'hui la mèche bleue, demain la casquette, baskets ou sandales, c'est selon mon dernier moi. Je change à vitesse hormonale, d'une simple pression sur mon axe de gravitation. Qu'un coup de vent, qu'une parole dans le fond d'un bus, qu'un regard me frôle, et je tourne immédiatement ma veste, mes cheveux, mon esprit.
À toujours me métamorphoser, je me fatigue. J'aimerais tellement savoir. Qui je suis. Ce que je veux. Mais un jour adulte, un jour enfant, un jour coincée dans une bulle entre deux âges, je balance, hausse les épaules sans décider si je préfère le ketchup, la mayonnaise ou la moutarde.
Je ne préfère rien, en fait. Je n'aime rien. J'aime tout. J'aime tout ce que tout le monde aime. Mais je n'aime personne. Même pas moi en ce moment. Tout à l'heure peut-être. Maintenant je déteste mes joues, mes jambes, ma voix. Mes seins surtout. Mes fesses en pire. Rien ne me va dans le miroir, tout se casse en morceaux qui m'éparpillent encore. J'apparais éclatée en une multitude de moi dans mon millier de miroirs. Comment savoir quel reflet me correspond ? Vais-je me couper en ramassant les morceaux ? Je n'aime pas avoir mal. Mais j'ai besoin de souffrir pour me sentir vivante. Je n'aime pas la vie. Je suis attirée par la mort. Ne plus être. Ne plus savoir. Ne plus avoir à savoir. Ne plus

pouvoir changer. Rester immobile. Inerte. Quelle horreur. Je me vois morte et je cligne des yeux pour effacer l'image. Je n'aime pas mourir. Pourtant je n'en finis pas de mourir pour renaître autrement. Avec une mèche bleue. Comme tout le monde. Comme personne.

Poème caché dans une poche arrière

J'écris quelque chose qui ne ressemble à rien
pour chanter quelque part
quelqu'un me cherche :
c'est moi.

Lundi

J'ai eu une bonne note aujourd'hui : c'est un Si bémol.

Mon prof Mano m'a mis la guitare entre les mains, il m'a dit de faire comme je voulais. J'ai gratté au hasard, des cordes ici et là, des sons qui se mélangent mal, n'importe quoi n'importe comment, j'avais l'impression de balancer des boules de pétanque sur un piano.
Puis Mano a posé un doigt sur une corde et il a dit Ré. Une autre il a dit Sol. Et cetera jusqu'au Si bémol. Il m'a montré comment la main droite frotte les cordes et la gauche les pince. Comment tout ça ensemble fait une note, un accord. Pour l'instant ma guitare ne fait pas d'accord, juste des cordes à corps perdu, des accords pas d'accord. Mais dans tout mon brouhaha brouillon, j'entends des fausses notes vraiment bien ratées !

Maintenant j'écoute en boucle *Ta reine*, ma chanson du moment. Chaque fois prise par la sensation de retrouver quelqu'un qui chante ma vie, mon histoire. C'est mon refuge.
Clouée sur mon lit. Triste et tellement bien, bien triste.
Les paroles sur mes lèvres chuchotent la musique que je connais jusqu'aux petits détails, comme si elle était écrite et chantée pour moi. Mes écouteurs enfoncés sur mes tympans, ma tête dans mon oreiller, je clique sans arrêt sur *Repeat* et la magie se répète. En boucle mon émotion.
Parfois je découvre un son, un mot, mal entendu jusqu'ici, qui me bouleverse. Qui ajoute encore au plaisir. Qui me fait recliquer sur *Repeat* pour vérifier encore et encore, l'incroyable, l'indicible, l'infini pouvoir de la musique. Comme si on m'avait jeté un sort, je suis envoûtée.
Repeat. Repeat. Repeat. Repeat. Repeat. Repeat. Repeat. Repeat.
Je clique et reclique, sûre que si je ne réécoute pas je serai perdue pour toujours, maudite. Que j'y laisserai mon âme à l'enfer du silence. Que quelque chose m'échappera de l'essentiel.

J'ai envie de voir Samia pour lui chanter. Je file à la laverie. Personne. Une machine tourne. Des soutiens-gorge des t-shirts des chaussettes. J'attends. Je lis le mode d'emploi des machines à laver. Me demande si ça ferait une chanson. La machine s'arrête. Personne ne vient récupérer ses vêtements. J'ouvre la machine, je prends un t-shirt bleu, je referme. Je sors de la laverie et rentre chez moi vite, le t-shirt posé sur mon épaule. Arrivée dans ma chambre, je le déplie : un ours qui danse avec une girafe dans un arbre. Est-ce que Samia portait ça ? Je l'étends sur une chaise. Me couche.

Poème à la machine

Introduisez votre cœur.
Sélectionnez un programme.
Appuyez sur Départ.
Attendez la fin du cycle.
Retirez votre cœur.
Il est prêt à l'emploi.

Je traîne toujours avec des garçons. J'aime bien leur manière de marcher, de rigoler, de parler comme si ça n'avait pas d'importance. Je joue avec eux aux pires blagues. J'appelle au hasard des numéros de téléphone pour insulter n'importe qui. Je lâche un rot sonore dans les escaliers. J'accumule des gros mots dans mes phrases. Je donne des coups de pied au premier qui ose me dire un mot gentil. Ceux qui me draguent, je les décourage tout de suite. Je suis leur meilleure copine. Parfois j'aimerais être plus, ou mieux. Pas un garçon comme eux, mais leur cheffe. Une fille sauvage qui les emmène tout en haut de la montagne pour affronter le monstre. Un genre d'armure avec des seins.

Les filles me regardent de travers, elles ne savent pas comment me prendre : par la main ou pour une conne ? Elles sont tellement sérieuses. Elles croient tout ce qu'elles voient. Elles discutent. Elles mentent. Elles ne savent plus ce qu'elles ont vu. Elles inventent. Pour elles je deviens trop moche. Ou trop belle. Pas assez fille. Louche. Agressive. Vulgaire. Populaire. Je passe pour une salope. Ou un modèle. Le centre de l'attention ou la fille-limite.

Dans ce bazar de regards, de rumeurs, de relations, je cherche mon amour.

Poème pour toi

Je suis assise contre toi.
Je suis debout devant toi.
Je suis couchée près de toi.
Je suis loin derrière toi.
Je suis toujours ici avec toi.
Je suis partie sans toi.

Je reviens vers toi.
Je suis debout devant toi.
Je suis assise contre toi.
Je suis couchée près de toi.
Je suis toujours ici avec toi.
Je partirai un jour sans toi.

Un jour seulement.

Qui est Toi ?

Où est Toi ?

Quand vais-je rencontrer Toi ?

Comment je reconnaîtrai Toi ?
Sera Toi comme j'imagine ?

Pourra Toi m'aimer ?
Serai-je assez bien pour Toi ?

Qu'est-ce qui me dit que Toi n'est pas un mensonge ?
Une illusion ?
Un monstre charmant ?
Une bête humaine ?

Et si Toi n'arrive pas ?
Ou trop tard ?
Je serai restée toute ma vie à attendre Toi ?
Non merci !

Toi et moi c'est maintenant ou pas !

Dimanche

Lucie ouvre la porte du garage de sa maison pour laisser entrer Mano et sa guitare. Lila Lucie et moi on l'attend depuis une demi-heure.

— T'as perdu ta montre ?
— Non désolé, j'avais zappé…
— Notre première répét, ça commence bien !
— Ouais putain, Mano, merde !
— Ok désolé. Vous avez fait quoi ?
— Rien on t'attend.
— Je leur ai fait lire mes chansons, c'est tout.
— Ouais on a lu mais il paraît que c'est toi le compositeur.
— Moi ? Bon. Alors au boulot.

Il prend sa guitare et nous joue une mélodie.

— Ça c'est pour celui qui rime là.
— C'est assez ?
— Ouais. T'essayes de poser une voix dessus ?
— Euh.
— Vas-y, Rosa.
— Ben je sais pas, j'ai pas d'idée.
— Bon, Lila tu cherches quelque chose ?

Lila pose ses mains sur le clavier et fait des notes, change de son, tantôt piano, tantôt orgue. Petit à petit elle trouve une mélodie qui colle bien à la guitare. Lucie de son côté tapote à la caisse claire et cymbales pour donner un rythme. Elle me jette un œil concentré et me montre la feuille avec les paroles imprimées.
Je commence par dire puis peu à peu je fredonne :

Je ferai péter le plafond
quand je serai assez grande
pour grimper sur l'échelle
de mes rêves.

C'est assez haut la vie d'adulte
mais j'y arriverai j'espère.

Je casserai les cloisons
quand j'aurai la force
de jeter une bombe
dans mes peurs.

C'est assez triste la vie d'adulte
mais je m'amuserai j'espère.

Je décollerai du sol
quand j'aurai des ailes
cousues à la surface
de mes illusions.

C'est assez monotone la vie d'adulte
mais je changerai j'espère.

Parfois je doute de mes capacités
à être autrement que mes parents
à être mieux que tout le monde
à devenir moi-même.

C'est assez dur la vie d'adulte
mais j'adoucirai j'espère.

Je m'arrête, je suis toute rouge les larmes aux yeux, l'émotion de lâcher ma voix, le ventre tendu les jambes molles, je n'ose pas lever la tête vers Lucie Mano Lila qui continuent à jouer puis finissent par un grand cri.

— Super !
— Ça sonne pas mal.
— Ouais pour un début !
— Rosa, qu'est-ce que t'en penses ?
— Moi ? Euh je sais pas.

Tout le monde m'attend. Je farfouille nerveusement dans mes papiers.

— Je sais pas. Je…
— T'as chanté ?

— Ouais.
— J'ai rien entendu.
— Moi non plus.
— Ah bon ?
— Ben ouais, faudrait te brancher un micro.
— T'as un micro ?
— Non.
— Bon, prochaine mission : micro.
— On recommence ?
— Ok.
— Essaye de chanter plus fort.

Tout l'après-midi comme ça, à répéter chercher creuser créer. Peu à peu, je chante. De plus en plus fort. De moins en moins rouge. De mieux en mieux juste.

Latitude 33

Dans mon désert je marche en rêve,
mon chameau est mort,
ma réserve d'eau est vide,
le soleil tape,
gifle,
fouette,
entaille ma tête mes bras
toute la peau qui sort de mes manches de mon col,
les dunes flottent dans un flou brûlant,
rien n'est fixe,
le sable colle à mon front ma nuque mes mollets,
mes pieds sont lourds,
mes jambes, mes entrailles, mes épaules,
tout ce corps à transporter,
je voudrais m'alléger,
m'envoler,
prendre l'air,
un souffle,
je trébuche sur le paysage,
collée au sol,
couchée sur le dos dans le sable chaud,
face au ciel en feu,
les vautours font des ombres sur moi,

les hyènes s'approchent,
les serpents les rats les scorpions me mordent,
je suis leur menu du jour,
à consommer sur place,
mes yeux se ferment,
je vais mourir.

Je me réveille,
ma couette sur ma tête en sueur,
je me découvre d'un geste,
ouvre les yeux ma chambre dans le noir,
ni soleil ni scorpion ni chameau,
j'ai soif,
je vais à la cuisine et bois un verre d'eau,
dehors c'est l'hiver,
il fait froid,
j'ai de la chance,
je suis vivante,
je vais aller voir Samia,
je remonte chercher le t-shirt avec l'ours et la girafe,
je m'habille et je sors,
le vent froid me givre la sueur au front,
j'avance jusqu'à la laverie,
personne derrière la vitrine,
j'entre dedans,
aucune machine ne tourne,

je m'assois sur le banc, les coudes sur les genoux
les mains sous le menton,
je compte les motifs sur le carrelage,
des triangles des carrés des ronds bleus jaunes verts
sur un fond blanc crème,
une voiture passe dans la rue,
je ne pense à rien j'attends juste,
Samia va venir,
elle est là elle entre dans la laverie, Salut Rosa t'es là tu vas bien ?, elle m'embrasse, Ça va Ça va comme une nuit sans dormir quoi alors quoi de neuf depuis la dernière fois ? J'ai commencé la musique tu veux écouter ?
Je mets le seul morceau d'Épiphony sur mon téléphone, la guitare de Mano résonne dans le carrelage la vitrine, et ma voix,
Samia sourit, elle a l'air d'aimer, elle regarde la rue dehors, elle tourne la tête vers moi, C'est super Merci je suis encore toute timide,
je fais défiler machinalement des photos sur l'écran de mon téléphone, moi avec Lucie avec Carrie avec Mano,
On pourrait se prendre en photo ?, elle pose son bras par-dessus mon épaule et clic clic clic en rafale, Oh j'ai appuyé trop fort C'est pas grave tu choisiras la mieux !, elle garde son bras sur moi et me regarde dans les yeux, Ils sont beaux tes yeux ils sont verts ? Ouais ça dépend de la lumière T'as de la chance tu changes avec le soleil Ouais, elle continue à

fixer mes pupilles, Toi aussi t'as des jolis yeux T'es gentille moi ils sont juste noirs ! Ouais mais c'est ce qu'il y a dedans aussi ! Ah bon y'a quoi ? Je sais pas, elle me caresse les cheveux derrière la nuque, Tes cheveux, elle s'arrête, une voiture passe dans la rue.

J'ouvre les yeux,
Samia n'est pas là,
je rêvais,
toute seule dans la laverie,
la tête dans mes mains penchée sur le carrelage,
je regarde l'heure sur mon téléphone 02:49,
machinalement je fais défiler mes photos,
Samia apparaît sur mon écran,
un bras par-dessus mon épaule.

Je me réveille,
je rêvais, toute seule dans la laverie,
Samia vient de partir,
je rentre à la maison,
son t-shirt dans ma poche,
son bras,
ses yeux,
sa main,
Samia,
dans quelle vie es-tu ?

Rue Arthur Rimbaud

Tout le monde sait que je suis jeune et que les jeunes ont mal au monde.
Par exemple les jeunes s'assoient dans les escaliers, là où ils devraient monter ou descendre, à cheval sur les dossiers des bancs ils s'assoient, parfois par terre dans la rue ou sur les toits des immeubles. Les jeunes ont des territoires de travers et des frontières qui leur tournent autour.
Les jeunes comme moi ne trouvent pas leur place dans ma chambre ni même dans mon jean. Dans ma peau, dans ma tête, il n'y a pas la place pour une jeune comme moi. Pas assez d'espace pour tenir toute une jeune, cerveau estomac jambes bras cœur tellement dilatés tellement allongés que mon jean craque et tout le monde sait que c'est la mode, au niveau des genoux déchirés, les cuisses les fesses, les culottes à l'air.
Alors quand une mère comme la mienne demande son jean à une jeune comme moi pour le recoudre, s'engage un conflit de générations textiles aux accents tonitruants, un scandale mère-fille qui éclate jusqu'au père. Et quand un père comme le mien arrache le jean d'une jeune comme moi et le déchire en petits morceaux pour lui montrer comment il résout un problème textile générationnel, il résonne des cris de jeunes

et de parents dans ma maison. Malheureusement personne n'entend les cris de jeunes : trop maladroits ils ne percent pas la carapace du monde.

Au-delà

Je m'appelle Rosa. Je suis loin de la mort. Je suis une rose à vie.

Quand je pense à la mort, c'est sans moi : les autres meurent. Ils restent en moi un moment qui fait mal, avec leurs visages, leurs mains, leurs parfums, leurs voix.
Puis ils disparaissent de ma vue, de mon espace, de ma mémoire, de mon répertoire, je les efface, ou le temps les efface, ou la vie les efface. Ils deviennent des noms parfois prononcés.

J'ai perdu mon grand-père, mon autre grand-père, ma grand-mère, mon prof d'anglais, ma voisine, ma tortue, mon chat. Je ne les ai jamais retrouvés. Ils reposent sous une tonne de terre, dans un pot à cendres, au fond du jardin, dans un cimetière à mille kilomètres de moi, quelque part où je n'irai jamais et pour quoi faire ? Quoi dire à du marbre ou des herbes ? Ceux qui sont morts sont morts. Morts à tout, à moi, aux amis comme à la famille, aux sons, aux couleurs. Pas besoin de les visiter sur leur tombe, ils font partie du décor. Ils ont rejoint les vers, les limaces, les airs. Ils pleuvent partout. Ils reviennent en champignons ou en mouches. Si je voulais les revoir, il me suffirait d'attraper un rhume, un papillon, une idée.

Me demeurent des photos, des messages d'un autre temps, à relire juste pour regretter. Pour savoir comme on rate nos rencontres sur toute la ligne de vie. Comme on pourrait tellement faire mieux entre nous, se dire je t'aime plus souvent, se prendre dans les bras, s'écouter, se parler. Mais c'est trop tard, la mort est déjà passée, les bras serrent déjà le vide.

Voilà pourquoi j'efface, j'oublie.

Voilà pourquoi je ne meurs pas.

Atlantide

J'ai envie de voir un dessin animé de princesse. De me rouler dans une couverture devant la télé. De manger un pot de glace au caramel. De feuilleter l'album photo de ma famille. D'écouter la voix de ma grand-mère.

J'ai envie de dormir. De rêver d'une plage. D'être une vague qui se jette et puis revient. Doucement. De me réveiller au milieu de l'océan. Bercée dans les bras de Triton, le papa de la Petite Sirène.

J'ai envie d'être bête. Sans cervelle. Sans mémoire. Sans envie.

Anti-poème

Je ne veux pas je veux
encore le contraire de
en même temps que
tout et rien à la fois.

Ligne 14

Le métro m'avale, comme la mer ou la chasse d'eau, le sommeil la nuit le matelas les pulls les jeans. Le métro me tasse entre une femme en blouson noir qui sent la vanille la sueur et qui chuchote au téléphone Mais non Maman tes médicaments sont pas perdus, et la vitre qui longe le mur, parfois s'ouvre sur une station, là des passagers s'engouffrent dans le métro qui les avale eux aussi. Je voyage dans un monstre, un ogre à l'estomac carrelé blanc et noir, aux intestins bourrés de cravates de robes de musiciens d'agents de nettoyage de néons de fruits de légumes. Ici rien à faire qu'attendre l'arrivée, sortir courir grimper les escaliers s'extraire de la bouche qui me recrache avenue de la Liberté, devant la façade de l'Agora. Et l'Agora m'avale, l'ascenseur m'avale, un étage, deux étages, trois étages, quatrième étage gauche, troisième porte au fond, m'avale le bureau puis le fauteuil en face de mon père qui boit un café en téléphonant.

Je suis en stage d'observation : j'observe mon père téléphoner, sa tête suivre les mouvements de ses paroles Oui Ok Pourquoi pas ? Bien sûr J'allais y venir Hmm C'est sûr Hin hin Comment ? J'avais déjà réfléchi à ça ! Tu m'étonnes ! J'étais pas au courant Ok Bien sûr.

J'observe le bureau encombré de dossiers verts bleus jaunes rouges noirs gris blancs selon la destination des colis. J'observe les murs couverts de bordereaux de récépissés de devis de Post-it collés sur une carte géante du monde. J'observe derrière la fenêtre l'avenue de la Liberté et ses voitures les unes derrière les autres et ses boutiques et tout au bout la place de la Liberté avec sa statue d'empereur. J'observe de nouveau mon père qui raccroche.

— Salut, ma fille. T'es en retard.
— Je sais. Le métro s'est arrêté. Qu'est-ce que je fais ?
— Rien. Tu observes.
— Nan, je sais pas rien faire. Fais-moi faire un truc.
— Bon. Tu vas appeler ces numéros et vérifier que le colis est bien arrivé en étant très polie.
— Ok.

Je prends les dossiers que mon père me tend et j'ouvre : Puerto Escondido, Oaxaca, Mexico. Un colis de 357 kg parti le 19 octobre.

— 357 kg ? C'est lourd ! Y'avait quoi dedans ?
— Aucune idée.
— Tu sais pas ? Et si c'était… des choses interdites ?
— Comme quoi ?
— Des défenses d'éléphant ? De la drogue ?

— C'est pas mon problème. Moi je m'occupe du transport et c'est déjà du boulot.
— Donc je téléphone et je demande si c'est arrivé ?
— Oui.
— En espagnol j'imagine ?
— Eh oui.
— Bon.

Je décroche le téléphone et je compose le numéro interminable et j'attends. Ça sonne puis ça répond.

— *Holà.*
— *Si por favor… Trabajo… Si usted puede…*

Et je m'emmêle dans les mots les idées les sons jusqu'à bafouiller ma question et comprendre que oui le colis est bien arrivé à Puerto Escondido, Oaxaca, Mexico. Muchas gracias. Je raccroche. Je suis en sueur. Mon père rigole.

— Tu t'en sors bien !
— Te moque pas de moi !
— C'est ton premier coup de fil, Rosa ! À la fin de la journée, tu sauras par cœur la formule et ça ira plus vite !
— Y'en a combien à appeler ?

Il me montre les dossiers sur et sous son bureau et les trois colonnes sous la carte du monde.

— Quand tu sais si le colis est arrivé, tu décolles le Post-it et tu le ranges dans le dossier : affaire classée !
— Ok.

J'ouvre le dossier suivant : Agra, Uttar Pradesh, India. 27 kg. 17 octobre.

— *Good Morning… Yes… I would like…*

Je décroche, je compose, je questionne, je raccroche, je décolle, je range, je décroche, jusqu'à midi.

Puis je mange au rez-de-chaussée de l'Agora, avec mon père qui continue à téléphoner, au milieu des autres travailleurs des étages qui mâchent un pain-poulet-sauce-frites à la terrasse des Saveurs du Monde.

Du monde, je garde le goût barbecue.

Avant, niveau sport : néant. Ni je courais ni je sautais ni je tapais dans une balle ni rien avant. À peine si je marchais jusqu'au bus, de ma chambre à la salle de bains, de la cantine aux toilettes. J'avais la flemme. Tout le monde autour de moi allait transpirer les mercredis les week-ends, mais moi je restais chez moi, je suivais les réseaux sociaux.
J'avais beau me voir dans le miroir en baleine. Avec les boudins sur les hanches et autour du ventre. Les cuisses pleines de flemme. Les bras remplis de paresse. Les joues rebondies à la sauce fainéante. J'étais une publicité pour le rien-faire. Un mannequin à la mode molle. Mais je faisais rien, je luttais pas. Avant.

Avant que Lila m'attrape et me demande de l'accompagner à l'entraînement de basket parce qu'elle est malade et qu'elle a trop peur de vomir mais elle a trop envie d'y aller parce que le basket c'est trop bien.
Je porte son sac jusqu'aux vestiaires, l'aide à se changer, puis j'arrive dans le gymnase. Les filles courent déjà après des ballons qui rebondissent, et leurs chaussures crissent comme des petits chats. Je m'assois dans les gradins. Je suis toute seule. J'essaye de comprendre ce qui se passe sur le terrain, mais les joueuses partent dans tous les sens, elles agitent les

ballons ici ou là sans logique, et les entraîneurs donnent des consignes en charabia :

— Marque ta joueuse et la lâche pas !
— Libère le jeu !
— Shoote moins si tu veux des passes !

Ils sont jeunes les entraîneurs et y'en a un beau gosse, mais il hurle par-dessus le bruit des ballons avec sa voix de Télétubbies.

Lila est toute pâle. Elle trottine comme elle peut en se tenant le ventre et vient régulièrement s'asseoir vers moi pour reprendre son souffle et se retenir de vomir.
Au bout d'un moment, l'entraîneur beau gosse s'approche et lui demande si elle veut arrêter.

— Oui je sais pas j'ai mal, elle répond.
— Et toi, tu veux commencer ? il me demande.
— Moi ? Non, je suis venue avec elle…
— Ça t'empêche pas d'essayer.
— Vas-y, Rosa, me dit Lila.
— J'ai même pas d'affaires… je tente comme excuse.
— Je te prête les miennes si tu veux, me dit Lila.

L'entraîneur repart sur le terrain pendant que je file aux vestiaires avec Lila, j'enfile son short son maillot, et je me retrouve au bord du terrain à pas savoir pourquoi comment je suis là qu'est-ce que je fais ? Mais l'entraîneur pas beau gosse vient me chercher.

— T'es nouvelle ?
— Oui.
— Tu t'appelles comment ?
— Rosa.
— Tu vas te mettre ici, Rosa et quand je siffle tu lances le ballon à celle qui est là, tu cours vers le plot, tu fais le tour, tu attrapes l'autre ballon et tu reviens avec ici. Ok ?

Je hoche la tête mais j'ai rien compris. Je regarde les autres qui font ça très bien. Puis il siffle et me fixe. C'est à moi. Je lance le ballon comme si c'était une courge, je cours vers le cornet orange comme si c'était une glace, je fais le tour, j'attrape le ballon comme si boum ! Je n'attrape pas du tout le ballon. C'est lui qui m'attrape. En pleine face. J'ai le nez et les lèvres qui brûlent grave.
Lila depuis le gradin m'encourage à grands pouces levés.

— C'est pas grave, me dit l'entraîneur. Tiens, viens ici, on va changer d'exercice.

Il m'emmène devant un panier où d'autres joueuses courent et sautent et lancent un ballon. Ça paraît plus simple, avec un seul ballon en jeu.

— Tu pars d'ici, il m'explique, tu cours vers là, tu attrapes le ballon et tu shootes ok ?

Je hoche la tête. J'ai tout compris sauf comment j'attrape le ballon ? Avec les mains ou avec le nez ?
Je regarde les autres qui s'en sortent très bien. Quand c'est mon tour j'hésite je marche je cours tranquille, la fille qui doit me lancer le ballon m'observe, elle comprend pas pourquoi j'avance comme ça sur la pointe des pieds, elle me lance quand même le ballon mais doucement, j'ai les bras devant, le ballon vient se blottir pile entre mes mains, la fille est géniale elle a super bien visé, je suis trop contente, je cours avec le ballon comme si c'était mon ami et je le lance vers le panier où il atterrit.

— Elle a fait un swish ! crie une fille sous le panier.
— Trop classe !
— Bravo !

Les filles sont sympas. Elles me sourient. J'ai mis mon premier panier, un swish. J'y comprends rien.
Je me replace, j'attends mon tour, je cours j'attrape le ballon je lance, le ballon touche le cercle et retombe. Manqué.
Je me replace, je cours j'attrape je saute je lance, je rate complètement, le ballon part dans les gradins.

— Air ball, dit une fille.
— Ça arrive à tout le monde, dit une autre.
— Continue, tu joues bien.

Je cours je saute j'attrape je lance, d'un cornet à l'autre, du sifflet au panier, je m'essouffle. J'ai les cuisses qui commencent à chauffer, les pieds dans mes baskets transpirent, comme mon front, mes tempes, mes aisselles, je perds des litres, je vais boire à la bouteille de Lila qui me félicite. Je reviens sur le terrain, je fais un match, deux, trois pompes, abdos, fessiers, courses chrono, je perds des kilos. Je me sens mieux.

>€_o_€<

Arrive Halloween dans la galerie marchande. Les Zombies. Les Courges. Les Sorcières. Les dents de Vampires aux rires immortels. Les vitrines tapissées de toiles d'araignées. Dans l'allée centrale, la foule piétine des autocollants à têtes de morts pour atteindre un robot-mixeur ou un manteau en promotion. La fête électrise tout en lumière violette, façon fin du monde. Même les sourires sont morts-vivants. Et les magasins sont maquillés en cimetières, les vendeuses en princesses de l'au-delà.

— Non merci, je dis à la Squelette qui me tend un toast noir.
— Essayez, vous allez adorer !
— Non merci, vraiment.

Elle sue sous son masque, la Squelette fatiguée par le bruit, la chaleur, le monde qui circulent ici.

J'arrive au magasin de musique. Guitares en vitrine, j'adore tout de suite la plus chère évidemment. J'entre dans la boutique. Un vieux gothique m'accueille. Maquillé. Un œil noir. Du noir aux lèvres. Un piercing au menton, un autre à la gorge.

— Je cherche une guitare.
— Pour vous ?
— Oui.
— Électrique ?
— Non.
— Folk ou classique ?
— Folk.
— Venez.

Il m'emmène dans le rayon en m'expliquant les différences entre celle de base et la top. J'écoute d'une oreille, de l'autre j'entends le son des cordes qu'il gratte et me demande si c'est un accord.

— 639 euros, il dit.
— C'est cher.
— C'est une somme mais elle vaut bien ça !
— Je commence juste à jouer…
— Alors partez sur une moyenne gamme. Celle-ci coûte 389 euros.
— Elle sonne moins bien.
— Eh oui. Elle est moins bien. Mais elle est moins chère !
— Et les micros ?
— Les micros c'est pareil : plus c'est mieux, plus c'est cher !
— Je sais pas.
— Réfléchissez. Prenez le temps. Consultez vos comptes. Ouvrez une cagnotte sur Internet. Postez des vidéos de

votre groupe. Offrez des soirées-concert, des t-shirts, des brioches. Il y a mille manières d'être millionnaire !

Je sors du magasin. Reprends le boulevard des Fantômes. Dans la basse-cour des Lèche-vitrines. Je sens la guitartiflette. Je hurle dans un micro-ondes.

@

Satellite vivant, je gravite entre le soleil et la lune, j'envoie des signaux le jour et la nuit pour avertir de ma présence, pour prévenir les autres que j'arrive, que je pars, que j'existe. Je brille, je clignote, je communique.

Je tiens mon téléphone dans ma poche arrière. Prête à la moindre vibration. Au premier message, je dégaine. Je bondis. Je réponds. Je rebondis.

— Pose ton téléphone, dit mon père, on est à table.
— Attends, juste une seconde...
— Non, laisse ça maintenant.
— J'envoie juste un message à Lucie...
— Non ! On mange !

Mon père prend mon téléphone et le lance sur le buffet.

— Doucement ! je crie. Si tu le casses, alors là !
— Quoi ?
— J'ai tout dedans, mes photos mes contacts mes vidéos, tout ! C'est ma vie !
— T'exagères, Rosa... dit ma mère. Sers-toi.

Elle me tend une casserole de carottes à la crème.

— On peut parler d'autre chose ? demande ma sœur.
— De toi par exemple ? je lâche.
— Ben oui, j'ai une question : je veux un téléphone moi aussi.
— C'est pas une question, dit mon père.
— Oui : s'il vous plaît j'ai besoin d'un téléphone…
— C'est toujours pas une question.
— Bon : pourquoi Rosa a un téléphone et pas moi ?
— Voilà.
— Parce que ta sœur est plus grande, dit ma mère.
— Et plus intelligente, je rajoute.
— Mais moi j'en ai besoin. Je suis la seule de la classe sans téléphone, je suis comme une clocharde…
— Arrête d'exagérer…
— Oui ben presque ! Tout le monde a un téléphone et pas moi !
— C'est pas une raison.
— Je veux un téléphone à Noël.
— Non.
— Je vais demander à Papy et Mamy, eux ils sont d'accord…
— Non.
— Si.
— J'aime pas les carottes, dit mon frère.
— C'est bon pour le moral.
— J'aime pas le moral.
— Allez, finis ton assiette…

— Je peux sortir de table ? J'ai encore des devoirs… je demande.
— Oui. Mais laisse ton téléphone ici.
— J'en ai besoin pour réviser.
— Ah bon ?
— Ben oui.

Je file dans ma chambre. Onze messages. Lucie Lucie Lucie Lucie Lucie Lucie Mano Mano Carrie Carrie Emma. Tout le monde veut savoir comment ça se passe pour la fête chez moi. Je réponds que je sais pas je vais demander. Je reviens dans la cuisine. Mes parents débarrassent la table et font la vaisselle pendant que ma sœur et mon frère jouent au trampoline sur le canapé.

— Je peux vous demander quelque chose ? je dis d'une petite voix.
— Hmm, marmonne mon père.
— Euh voilà en fait en gros je voudrais inviter des copains pas beaucoup six ou sept pour dormir à la maison samedi fêter les vacances comme on va pas se voir pendant deux semaines à cause de la famille tout ça donc c'est pour ça vous êtes d'accord ?
— Ce samedi ?
— Ben oui.
— Pas possible, on va chez ton oncle.
— Moi aussi ?

— Évidemment toi aussi.
— Je peux pas rester là ?
— Non.
— Pourquoi ?
— Parce que tu viens avec nous voir ton oncle.
— Mais je vais le voir à Noël aussi… Je peux rester ici et quand vous revenez…
— Non. Tu viens avec nous.
— Mais Papa écoute…
— Non.
— Écoute s'il te plaît, Maman m'avait dit que je pourrais faire une fête pendant les vacances mais si on est partis tout le temps je la fais quand ma fête ? Là c'est juste des copains six ou sept on sera hyper tranquilles même si vous êtes pas là on fera rien juste discuter c'est tout…
— Non.
— Mais Maman elle m'a dit…
— Qu'est ce que t'en penses ?
— Euh, dit ma mère. Tu veux inviter qui ?
— Que les calmes : Mano Lucie Carrie Lila Emma si elle peut venir Nina et peut-être Tino.
— Tino c'est pas un calme.
— Ben je l'invite pas.
— Ça fait six plus toi sept.
— Ouais et ils sont hyper calmes !
— Et vous allez faire quoi ?
— Rien !

— Rien ?
— Ouais juste discuter regarder un film, je sais pas on verra…
— Donc on dit oui ? demande mon père à ma mère.
— J'ai pas dit oui.
— Non mais tu discutes là comme si c'était d'accord.
— Non.
— Alors vous êtes d'accord ? je glisse.
— Attends.
— Parce que faut que je leur dise là, ils me demandent…
— Attends !

Mon père se tourne vers ma mère.

— T'es d'accord pour qu'elle reste toute seule ici ?!
— Mais non pas du tout !
— C'est parce qu'on va chez mon frère ?!
— Mais non !

Ils commencent à se disputer. Mon frère et ma sœur se jettent du haut du canapé sur les coussins qu'ils ont étalés par terre. Je les laisse dans le bruit. Je retourne dans ma chambre. Cinq messages. Tino Lucie Lila Lila Nina. Je leur réponds que c'est ok pour samedi.

Samia en plein jour dans la rue. Pas un rêve pas une hallucination c'est elle, là, sur le trottoir devant le collège. Elle fume une cigarette, a l'air d'attendre qui quoi ?
Je m'approche d'elle à petits pas.

— Salut, je dis.

Elle me regarde, comme si ses yeux revenaient de plus loin, font le point sur moi, s'éclairent tout à coup.

— Ah salut ! Je… Comment ça va ?
— Bien.
— Tu… Excuse-moi, j'ai oublié ton prénom ?
— Rosa.
— Ah oui, Rosa. Des fois j'ai la mémoire creuse. Moi c'est Samia.
— Je sais.

Des colonies de secondes passent entre nous, fourmis trotteuses qui tic-taquent dans notre silence.

— T'es ici ? elle me demande.
— Euh, ben oui, en troisième.
— Bien.

— Et toi ?
— Moi j'ai rendez-vous.
— Ah bon avec qui ?
— Monsieur Gillot.
— Le principal ?
— Oui.

Je ne peux pas m'empêcher de réagir les yeux ronds et de poser des questions.

— Pourquoi ?
— Parce que… Je vais peut-être travailler ici…
— Ah bon ?
— Eh oui ! Si l'entretien se passe bien…
— Pour quoi faire ?
— La cantine.
— Ah ouais c'est cool !
— Bon excuse-moi faut que j'y aille.
— Ok bonne chance !

Elle écrase sa cigarette et sautille jusqu'à l'administration. Moi je cours dans l'escalier, un sourire sur les lèvres.

Mais un sourire ici s'en va vite. Dans le grand dédale du brevet, les couloirs font des salles qui font des profs qui font des cours qui font des devoirs qui font des notes, et pas des sourires.

Je file des uns aux autres, de porte en porte je porte mon sac de plus en plus lourd sur mes épaules de moins en moins droites, je descends je monte les escaliers vers des étages de cahiers, je me perds me retrouve au milieu de la cour à courir encore en cours.

Et le français s'anglait, les maths physiquent, la Terre géographie en musique des arts plastiques qui m'EPS aux espagnols, à la fin toute l'histoire part en chimie dans une grande techno. Thalès et ses parallèles provoquent une guerre froide entre les verbes irréguliers qui empêchent le cycle de reproduction des molécules élevées aux homonymes.

Plus rien ne sent vrai. Ni nature ni barbecue : tout est goût brevet. Les moindres leçons, les plus petites évaluations. Tout compte au bénéfice ou au déficit du brevet. Même mon zozotement sur les *the*. Même mon doigt levé est breveté. Et si je tousse, si je fais tomber ma trousse, si je bâille, si je suis en retard :

— Attention, bientôt le brevet : il faut tenir ! prévient monsieur Gillot sous l'horloge.

Alors j'avance sous le préau qui gymnase, je longe le réfectoire de la bibliothèque, je croise un pion pas réveillé qui me demande un mot de retard.

— Un mot ?
— Ben oui.
— De retard ?
— C'est ça.
— J'ai toujours un mot de retard. Toujours un siècle de retard. Un bus de retard !
— Ok c'est bon, tu demanderas à tes parents…

J'en peux plus de pression, je suis en mode cocotte, au bord d'exploser tellement ça mijote dans mon cerveau, des DM des DS des EPI des API des SVT des AVS des AVI dans un magma d'hormones et de musiques, d'amis de messages de parents d'orientation de vacances de week-ends de fêtes de Noël de dindes de bûches arrosées aux devoirs devoirs devoirs devoirs à la maison devoirs en vacances devoirs à apprendre devoirs à rendre devoirs à devoir ! Par-dessus la tête des devoirs ! Comme si j'avais déjà des dettes ! Comme si je devais déjà payer avant de commencer ! Comme si je payais mon père pour le sang, ma mère pour le lait ! Pour l'essence versée à me transporter ! Et combien pour la sueur ? Combien pour la salive ?

J'en peux plus.

Je vais à l'infirmerie. Fermée. L'infirmière travaille dans trois collèges différents. Elle ouvre ici le jeudi de 8h à midi et de 14h à 15h.

Je vais au bureau des pions. Personne. Les pions sont partis aider le personnel de cantine à mettre les tables.

Je vais au bureau d'orientation. Fermé. Il n'y a plus d'orientation.

Je vais aux WC. Je m'assois sur l'émail blanc froid. Je compte les chewings-gums collés sur les murs. Dix-sept. Autant de bouches qui mâchent du stress. Multipliées par le nombre de WC. Ça fait combien de gens comme moi ? Des à la menthe, des chlorophylles, des fraises, des réglisses. Autant de goûts qui traînent ici. Qui attendent ici. Qui pleurent ici. Comme moi.

Page 1946

J'ai le bout du doigt noir. C'est à cause du feutre indélébile qui a souligné le titre sur la couverture de Jacques Prévert : *Paroles*. Souligné par quelqu'un du collège qui s'ennuyait peut-être trouvait joli de souligner pour occuper le français. Trouvait sympa de coller du noir au titre des autres.

— Rosa, qu'est-ce qui se passe ? me demande la prof.
— Non rien, je dis.
— Pourquoi tu t'agites alors ?
— C'est mon livre, il m'a taché le doigt.
— Ton livre ?
— Oui.
— Bon, essaye de suivre maintenant.

Je frotte mais le noir reste. Tant pis. J'ouvre le livre. Page 180 il y a *Chanson. Quel jour sommes-nous Nous sommes tous les jours Mon amie Nous sommes toute la vie Mon amour Nous nous aimons et nous vivons Nous vivons et nous nous aimons Et nous ne savons pas ce que c'est que la vie Et nous ne savons pas ce que c'est que le jour Et nous ne savons pas ce que c'est que l'amour*.

J'aime trop. Je voudrais l'apprendre par cœur. La chanter. À pleine voix dans l'avenue des Poètes.

— Prenez vos livres page 180, dit la prof.

Elle m'a entendue. J'ai pensé tellement fort qu'elle m'a entendue. C'est ma page, mon poème, ma chanson, mon histoire. C'est moi qui dois lire.
Je lève le doigt.

— Je peux lire ?
— Oui vas-y, Rosa.

Je lis. Les mots me traversent comme des fleuves. Me jaillissent des lèvres en fontaine. En vagues. Me submergent. C'est trop beau.

— Bien, dit la prof. Merci, Rosa. Qu'est-ce qu'on peut dire ?
— C'est bien lu, dit Carrie.
— Oui mais encore ?
— C'est romantique.
— Oui.
— C'est une chanson.
— Bien.
— Ça fait des répétitions.
— Oui.

Pendant que les autres essayent de comprendre quelque chose, le bout de mon doigt est toujours noir. Je tourne les pages du livre. Page 184. *Le cheval rouge. Dans les manèges du mensonge Le cheval rouge de ton sourire Tourne…*

— Rosa ?
— Oui.
— Qu'est-ce que tu en penses ?
— De quoi ?
— Eh ben, de ce qu'on a dit…
— Euh je sais pas.
— Tu n'as pas écouté ?
— Euh non en fait je…
— Alors je repose ma question pour toi : que veut dire Prévert dans ce poème ?
— Ben, qu'il est amoureux…
— Oui, mais encore ?
— Ben, en fait… En gros, qu'il sait pas ce que c'est…
— Oui. Bon. Tu n'as pas écouté. Prévert écrit ça en 1946, juste après la guerre. Est-ce que tu comprends ? La guerre est dans ce poème, où ça ?
— Euh…
— Moi !
— Lila ?
— Dans le début ?
— Où ça ?
— Dans la fin ? tente Mano.

La prof pousse un soupir. Les élèves se taisent. Je regarde page 201 *Paris at night. Trois allumettes une à une allumées dans la nuit La première pour voir ton visage tout entier La seconde pour voir tes yeux La dernière pour voir ta bouche…*

Tout le monde se tait. Personne ne sait ce que c'est. La vie le jour l'amour. On ne sait pas ce que Prévert voulait dire. Mais c'est beau. Comme un cheval rouge.

Chanson à la Prévert
écrite au bras d'un cheval

J'aime la poésie
Toi aussi
Tu aimes la poésie
Moi aussi
Nous aimons la poésie
Vous aussi
Vous aimez la poésie
Nous aussi

Semaine 43

Et la sonnerie sonne en plein agenda des devoirs de maths et le prof demande encore dix secondes d'attention page 54 exercices 3 et 7 ne pas oublier l'équerre à la rentrée et je note et tout le monde note à toute vitesse en rangeant livre cahier compas de l'autre main les jambes agitées par les vacances les vacances LES VACANCES les yeux papillons le cerveau pétillant VACANCES à partir de maintenant tout de suite je balance stylo dans la trousse et trousse dans le sac vite vite dehors sortir sortir SORTIR couloir escalier cour tout le monde court en hurlant VACANCES maintenant libres LIBRES sortir SORTIR les cartables jetés en l'air comme des feux d'artifices YOUHOUUU c'est la fête les vacances VACANCES deux semaines ailleurs deux semaines sans se lever sans travailler sans carnet de correspondance deux semaines DEUX SEMAINES tout le monde arrive à la grille se bouscule pour passer la porte les petits les grands qui poussent les sacs en avant ALLEZ ALLEZ C'EST LES VACANCES ON AVANCE mais la porte est trop petite pour tout le monde si pressé et les petits crient ARRÊTEZ OHHHH mais de si loin de si bas que personne ne les entend la grille trace une frontière avec les VACANCES ALLEZ les pions arrivent en criant DOUCEMENT mais dans le bruit de la foule en VACANCES VACANCES tout le monde pousse pousse vers la grille pour arriver en VACANCES les petits étouffés contre la frontière tombent par terre en pleurant et les grands sortent dans la rue YOUHOUUU ON EST EN VACANCES lèvent les bras comme des vainqueurs pendant que les pions tirent sur les sacs ATTENTION ça continue à pousser devant pour franchir la porte des vacances ça remue dans tous les sens ça fait une vague de sacs de têtes qui cherche à se jeter dehors sur la plage des VACANCES mais un pion tire en arrière un grand qui se débat LÂCHE-MOI le pion dégage un passage à coups d'épaules vers la grille OHHH les corps s'écartent et le pion ramasse une petite sixième en pleurs par terre il la porte dehors pendant que les autres pions attrapent des grands les alignent en arrière tout le monde avance TRANQUILLEMENT vers la porte dans la rue explosent les cris de joie les bras levés pendant que les pions prennent les carnets des grands pour mettre un mot une punition ceux qui sont dehors se moquent ON EST EN VACANCESONESTENVACANCESONESTENVACANCES même la petite sixième chante avec ses larmes qui sèchent.

Farniente

Pas grand-chose
Qui me dise
À part
Dormir
Manger
Passer mon temps
En vacances
À pas grand-chose
À si peu
Que la journée finit
En nuit
À peine éclairée
Je reste
Dans le noir
J'ai même la flemme
D'allumer.

40°

Toutes les cinq minutes sonnent ma mère qui ouvre la porte embrasse prend les bouteilles les paquets de chips les pose à la cuisine pendant que la musique attire tout le monde au salon où je danse avec d'autres déjà les bras le long du corps en souriant sérieux aux vampires aux cadavres aux sorcières d'Halloween.
Dehors par la baie vitrée d'autres regardent sur leur écran de téléphone des messages des films qui éclairent leur visage en bleu macabre et l'arbre de la terrasse s'enracine aux Enfers.
Ma mère vient de temps en temps vérifier les assiettes avec mon père qui jette un œil dans les verres, ils essayent de passer inaperçus mais tout le monde se suspend le temps qu'ils traversent comme des drones.

Je n'ai pas eu le droit d'avoir la maison pour moi ce soir, mes parents ont choisi de ne pas aller chez mon oncle et de rester au cas où. D'où le choc des générations dans le salon et la cuisine bien rangée.

— Tu veux que je réchauffe les toasts ? me demande ma mère.
— Non, maman, je vais m'en occuper.
— Tu sais si tout le monde est arrivé ? me demande mon père.

— Il manque encore deux trois personnes peut-être. En fait personne m'a dit qui venait.
— Tu plaisantes ?! On avait dit six ou sept copains, vous êtes déjà au moins vingt !

Je baisse les yeux.
Mon père hausse les sourcils et regarde ma mère.

— Bon, je crois qu'il faut partir sinon je mets tout le monde dehors !
— Ok.

Ma mère me met la main sur l'épaule.

— Ça va aller ?
— Ben oui.
— On va juste manger au restaurant. Deux heures maxi. On rentre vers minuit. Tu nous appelles si jamais…
— Oui oui, maman.
— Bon. À tout à l'heure.

Ils font un dernier tour de contrôle et montent dans la voiture, les phares balayent le salon la terrasse la rue, disparaissent. Ouf !

— Tranquilles jusqu'à minuit ! je crie dans la cuisine.
— Yalllalalallalallla ! stridule Carrie.

Le son de la musique monte, les bouteilles d'alcool émergent, les briquets s'allument.
Je fais des allers-retours salon-cuisine pour danser boire manger servir, en bougeant la tête quand mes mains sont occupées.
Je coupe un cake avec Lila quand Samia entre dans la cuisine, les cheveux rouges et balafrée sur la joue.

— Salut !
— Ah salut je te cherchais… Ça va ?
— Ouais.

On s'embrasse. Samia sent bon. Un mélange de tabac et de vanille.

— Tu veux un morceau de cake ? Un verre ?
— Ouais.
— Tiens. Attends je te présente. Lila, Samia.

Elles s'embrassent.

— On se connaît non ? demande Lila.
— Peut-être, je travaille au collège depuis lundi. À la cantine.
— Ah ouais, c'est là !
— Pas mal de gens te connaissent en fait…
— Ben ouais, je suis une star de la vaisselle !

On rigole trinque danse. Samia discute avec mes potes qui ont l'air de l'apprécier. Surtout le frère de Mano, plus vieux que nous, qui l'a pas lâchée d'une oreille, et je le fusille du regard. Il arrive vers moi tout sourire.

— Elle est sympa ta copine Samia !
— Ouais ben du calme, elle est prise.
— Ah bon ? Je lui ai demandé mais elle dit que non.
— Ben elle le sait pas encore.

Je finis mon verre de bière, je m'en vais sur la piste et je danse. Je danse. Je tourne. Les gens autour de moi apparaissent clignotent. Je ferme les yeux. Je tourne. Je me laisse. Je me délaisse. Des minutes. Des flashes. J'ouvre les yeux. Samia est là. Elle danse avec le frère de Mano. Main dans la main. Front contre front. Clignotent. Quelque chose se déchire. Je ferme les yeux. Je me dis que c'est pas grave. Plus je me dis que c'est pas grave plus ça se déchire. En moi ça craque. J'essaye de danser. J'ouvre les yeux. Samia et le frère de Mano s'embrassent. Je ferme les yeux. J'essaye d'oublier. Je sors de la piste. Je me jette dans le noir. Là où personne ne danse. Là où rien ne clignote. Je trouve un verre de n'importe quoi transparent. Je bois. C'est fort. Je regarde sur la piste les gens et Samia et le frère de Mano. C'est grave. Mano s'approche de moi les mains ouvertes.

— Alors ? Tu danses pas ?

Je secoue la tête. L'alcool commence à me faire trembler.

— Ça va ? il se penche vers moi.

Je secoue la tête. Je me lève. Je vais danser. Je titube. Je trébuche dans le pied de quelqu'un qui me rattrape. C'est Adam. Ma tête atterrit dans ses bras. Mes bras autour de lui. Je me cache. Je le serre. J'ai besoin d'un câlin. De me fondre dans un pull Adidas. Dans un déodorant. Une haleine de vodka. La chaleur de n'importe qui. Qui me serre. Me parle. M'assoit dans un coin. M'embrasse. Me sert à boire. Me sert à rire. À oublier.

Puis je bois une bière à la cerise. Puis de la vodka. Puis du vin rouge. Je fume une cigarette. J'ai la tête qui tourne. Le cœur qui tape. Les jambes qui lâchent. Je vais aux toilettes. J'ai peur d'être enfermée. De ne jamais réussir à sortir. Que personne ne m'entende. Que je finisse seule par terre. J'ai froid. Je transpire. Je pue. Je voudrais me laver les dents. Boire de l'eau toute ma vie. Je me jure que plus jamais je ne prendrai un verre de n'importe quoi. Plus une taffe de quoi que ce soit. J'ai honte. Je sors des toilettes. Tout le monde me regarde. Se moque de mes cheveux collés. De mes yeux mouillés. De ma démarche qui titube. Je traverse au milieu de la musique. Je veux qu'ils s'en aillent. Mes parents me manquent. Ma chambre me manque. Je veux me cacher sous ma couette. Dormir.

Un peu plus tard, dans la cuisine. Je me tais, je me tourne, je me cache dans l'ombre du frigo. Je suis mal, malaise, malheureuse. Et mes parents m'en rajoutent :

— Plus confiance, dit mon père.
— Fini, dit ma mère.
— Jamais plus.
— Tu te rends compte ?
— Ton état ?
— Hein ?
— La maison le jardin même le garage en bazar !
— Tout.
— Et les bouteilles vides ?
— Les verres cassés ?
— Dis quelque chose.
— Tu as bu !
— À ton âge !
— Va te coucher.
— Range la cuisine.
— Range la cuisine et va te coucher.
— Tout le monde est parti ?
— T'es sûre ?
— Personne est resté dans une chambre ?
— Dans le jardin ?
— Et les toilettes la salle de bains c'est dans le même état ?
— Les morceaux de verre partout.
— Les mégots.

— Des heures demain.
— Le dimanche.
— Ouais.
— Fatigué.
— Pareil.
— Pas digéré.
— Mal au ventre.
— Le resto ?
— C'était pas bon.
— Moi non plus.
— Plus jamais.
— Terminé.
— Laisse la vaisselle.
— Va te coucher.
— Ferme le frigo.
— Éteins la lumière.
— Dépêche-toi.
— Tu marches pas droit.
— Ma fille tu te rends compte ?
— On verra tout ça demain.
— Bonne nuit.
— Bonne nuit.

Oral blanc : je me réveille muette. Plus de voix. Coupée comme un fil. Aux ciseaux de la réalité. Plein la gorge de parler. De dire combien d'épines j'avale chaque jour.
En pyjama. Les cheveux emmêlés. Pieds nus sur le carrelage. Je nettoie le passé. Les restes de la soirée triste. Je ramasse les bouteilles vides les verres cassés les mégots. Je jette. J'éponge. J'oublie. Encore. Samia. Le réel. Encore. Une chose de plus à rayer. À balayer.
C'est les vacances. Rien à faire. Personne à voir. Je vide les cendriers. Je trouve une bague sur la table. Une pierre bleue sur un anneau d'argent. Je la passe à mon index. C'est mon cadeau. Mon lot de consolation. Je mérite au moins ça. Je ne suis pas si moche. Si repoussante. J'ai le droit d'être un peu aimée non ?
Même si pas Samia. Même si Adam. Les filles. Ou les garçons ? Je ne sais pas. Je classe des idées dans ma tête en traînant des poubelles dans la rue. Des cartons de bouteilles de bière vides. J'aère mon cerveau qui pèse une tonne. Qui repose sur deux colonnes. Qui coche des croix d'un côté de l'autre. Qui compte. La probabilité. Le risque. Le danger. D'être moi-même. Aux yeux des autres. Aux mains des autres. Aux lois des autres. Et si j'échappais à la règle ? Si j'échappais à moi-même ? Je ne sais pas. Je ne comprends

pas. Pourquoi choisir. Pourquoi devoir choisir. Il le faut pourtant. C'est comme ça. Bientôt deux voix s'opposent en moi. Votent pour leur colonne. Se critiquent. Se battent. Je suis perdue. Sans voix mais pleine de bruit. D'arguments et d'insultes. J'écoute l'une et je coche ce que l'autre dit. Je ne sais plus. Ce qui est bien. Ce qui est mal. Ce qu'il faut. Ce qu'on doit. Je suis au milieu. Sur le trait qui sépare.

NOVEMBRE

Homo apocalyptik

Maintenant qu'
On a supermarché sur la Lune
On a ultra-violé le Soleil
Il nous reste la Terre à terroriser

Nous sommes les pires meilleurs
Au podium de la fin du monde

Nous avons l'art du chaos
La passion des ruines

Nous avons la science de l'incendie
La politique du cyclone

Nous savons avancer à reculons
Nous savons grandir en rétrécissant

Rien ne pourra nous empêcher d'échouer !

Calibre 12

Quand j'étais petite, ma mère m'appelait *ma grande*.
Aujourd'hui je suis grande, elle m'appelle *Rosa*.
Avant je l'appelais *Mamou*.
Maintenant j'ai du mal à dire *Maman*.

— Rosa ? elle crie dans le couloir.
— Oui, je réponds de ma chambre.
— Rosa !
— Oui !
— Rosa ! Viens voir ici !
— J'arrive.
— Rosa !!
— Oui !
— ROSA !
— OUI !!! J'ARRIVE !
— ROOOOOSAAAAAA !!!
— C'EST BON ! J'AI ENTENDU !!!
— TU VIENS ROSAAAA !??
— OUIIIIIIIIIIIIIIII !
— …
— …
— …
— Maman ? dit ma sœur de sa chambre.

— …
— …
— Maman !
— MAMAN !
— Quoi ?
— …
— …
— Qu’est-ce qu’il y a ?
— …
— Rien.
— Hein ?
— RIEN !
— Quoi ?
— …
— …
— Rosa ?
— Oui.
— Rosa !
— Oui !

Ma mère ouvre la porte de ma chambre.

— Tu m’entends pas ? elle me demande.
— Si, je réponds. Je t’ai répondu.
— Bien sûr… Bon, j’ai besoin de toi, tu peux venir ?
— Maintenant ?
— Oui.

— Je fais mes devoirs là…
— C'est pas long, deux minutes.
— T'es sûre ?
— Oui, allez, viens !

Je la suis dans le couloir jusqu'à la cuisine devant un morceau de viande énorme et plein de sang. On dirait une jambe avec un sabot et des poils.

— Qu'est-ce que c'est que ça, c'est horrible ?! je crie en reculant.
— C'est le voisin qui nous a apporté ça, il l'a chassé hier…
— Mais c'est quoi ?!
— Du chevreuil.
— Mais c'est horrible !
— Une espèce de biche.

Je me recroqueville dans un coin pendant que ma mère essaye d'attraper la jambe par un bout.

— Allez, viens m'aider.
— Mais ça va pas non ?!
— Faut qu'on le découpe, ça rentre pas dans le frigo…
— Mais je touche pas ça moi ?!
— Je peux pas le faire toute seule ! Faut bien que tu tiennes pour que je découpe !
— Ah non je tiendrai rien du tout, c'est affreux !

— Tu crois que ça me dégoûte pas moi ? elle dit en laissant tomber la jambe qui fait ploc et splosh sur la table.
— T'as qu'à le jeter !
— Ben non c'est le voisin qui… C'est gentil de sa part… Je vais pas le jeter… Puis le jeter où ?
— Ben à la poubelle !
— Il va le remarquer si je le mets à la poubelle.
— T'as qu'à l'emballer dans… Je sais pas…
— C'est pas gentil je trouve.
— Qu'est-ce que vous f… dit ma sœur qui arrive et s'arrête net devant le chevreuil. Ah c'est quoi ça ?!
— Du chevreuil ?!
— Du voisin.
— Mais c'est dégoûtant !!

Ma sœur s'approche et touche le sabot qui frémit. On bondit toutes les trois en hurlant :

— Il est vivant !?

Ma sœur donne des petits coups dans le sabot et tire sur les poils.

— Arrête, je lui dis, c'est horrible…
— Il est mort ?
— Ben oui ! Tu vois bien que c'est une patte.
— Ah ouais… C'est bizarre…

— Puisque t'as l'air d'aimer, tu peux aider Maman ? je dis en partant.
— Attends, Rosa ! dit ma mère. Reste ici. Pour une fois tu vas nous aider.
— Mais vous avez pas besoin de moi !
— Si.
— Ah bon ?
— Oui. Bon. Couteau. Torchon. Tablier.

Elle zigzague dans la cuisine pendant qu'on la regarde. Puis elle prend position devant la jambe et nous explique :

— Tiens, toi tu tiens ça, moi ici, toi là… Comment on fait pour… Ah voilà… Beurk, ça me dégoûte… Bon, Rosa, Rosa ?
— Je crois que je vais tomber dans les pommes… je dis les yeux en papillotte.
— Moi aussi… dit ma sœur en se bouchant le nez.
— Allez, les filles. On tient bon ! C'est pas difficile, comment ils faisaient avant ?
— Ils mangeaient pas de viande ?
— Les hommes préhistoriques ? Bien sûr que si !
— Ils étaient préhistoriques. Nous on est modernes.
— Oui ben on a un voisin préhistorique ! Alors au boulot ! dit ma mère en attrapant le sabot et en commençant à trancher la viande avec un couteau pendant qu'on tient l'autre extrémité du bout des doigts.
— Heuuuu ÇA PUE !!

— Je vais pas y arriver…
— Moi non plus… Maman, s'il te plaît… supplie ma sœur.
— Tu veux pas qu'on attende Papa ?
— Non. Le voisin m'a dit de la congeler rapidement.
— Mais c'est immonde !
— Bon, maintenant faut scier l'os.
— Quoi ?!
— Hein ?!
— Allez ! Rosa, va me chercher la scie au garage ! S'il te plaît.

Je la regarde, elle a les yeux injectés de sang comme ses mains rouges.

— Maman, tu me dégoûtes.
— S'il te plaît, Rosa.

Je vais au garage. Je tourne au milieu des outils des caisses des sacs des boîtes mais je ne trouve pas de scie. Je reviens à la cuisine où ma mère et ma sœur contemplent le sabot de près.

— Y'a pas ! je dis.
— Comment ? marmonne ma mère.
— Y'a pas de scie !
— Non ?
— Non !
— Bon, tu peux y aller ? elle demande à ma sœur.
— Ok.

Ma sœur part au garage.

— Tu me fais vachement confiance ! je dis à ma mère.
— Tu trouves jamais rien.
— Super. Merci.

Je pars dans ma chambre où je claque la porte.

— Rosa ! Rosa, viens ici !

Elle peut toujours crier, je ne reviendrai pas me salir les mains pour elle.

— Rosa ! ROSA !!

Elle ouvre la porte.

— Rosa, tu viens tout de suite !
— Non !
— Dépêche-toi !

Je soupire et je sors de la chambre et je vois ma sœur avec une scie qui rigole.

— Toi tais-toi ! je la préviens.

Dans la cuisine, la jambe est toujours là, l'os à l'air.

— Bon, reprend ma mère, vous tenez ici, et moi je scie là.

Elle scie. Elle scie. Elle scie.

— C'est dur, elle dit en sueur.

Elle re-scie. Puis je scie. Puis ma sœur scie.

— Trop dur… on dit fatiguées.
— Qu'est-ce qu'on fait ?
— On attend Papa ?
— Non. Il rentre trop tard, ça sera pourri.
— Alors ?
— Hein ?
— Faut jeter.
— Quoi ?!
— Faut trouver un endroit pour s'en débarrasser.
— Où ça ?
— Je sais pas.
— …
— …
— Faut trouver un coin tranquille.
— J'ai l'impression d'être dans un film.
— Voyons, réfléchissons : où on peut jeter ça ?
— Dans la nature ? On le donne aux chiens ?!
— On peut le dissoudre dans l'acide, comme ils font dans la série… ?

— Oui bon, réfléchissons… Rosa, tu peux ouvrir le garage ?
— Ok.

J'ouvre le portail, je surveille à droite et à gauche pendant que ma mère stationne la voiture dans le garage, et je referme tout de suite. On file à la cuisine, on roule la jambe sabot poils sang dans du journal qui colle à la viande, et on la porte toutes les trois écœurées dans le coffre.

— Rosa, tu rouvres le garage ?
— Ouais !

J'ouvre le portail, je regarde à droite et à gauche pendant que ma mère sort la voiture, puis je referme et je saute dans la voiture.
On roule en silence. Dans la nuit qui avale nos phares, on cherche une zone encore plus noire. Où enterrer notre secret.

— Là, dit ma mère qui tourne dans une rue où les maisons s'éloignent, on rentre dans une forêt, arbres éclairés par nous, buissons, ombres de bêtes à cornes.
— T'es sûre ?!
— Ben oui, on va remettre le chevreuil dans sa forêt.
— C'est flippant !

Ma mère se gare le long de la route et éteint le moteur.

— Allez, les filles !

On ouvre les portières, la nuit découpe des arbres dans le ciel partout autour de nous couvertes de branches.

— Dépêche ! je dis à ma sœur qui ouvre le coffre.

On attrape la jambe on la soulève on la bascule par terre dans le noir.

— Attendez ! dit ma mère qui allume les phares pour voir où est la jambe. Elle est trop près de la route, faut la pousser dans le fossé !

On donne des coups de pied dans la jambe qui glisse petit à petit. Mais une voiture arrive au loin. On attend, en fixant les lumières qui s'approchent. La voiture ralentit à notre hauteur. La jambe est encore là, visible, sur le côté de la route. Avec ma sœur on se colle à notre mère. Notre cœur saute dans notre poitrine. La vitre de la voiture s'ouvre et une voix d'homme nous demande :

— Besoin d'un coup de main ?
— Euh non non merci ! bredouille ma mère.
— Ça va ?
— Oui oui ! Merci !

— Bon ! Alors au revoir !
— Oui au revoir…

La vitre se relève et la voiture s'en va. On souffle.

— C'est la pire peur de ma vie !
— Maman, au secours j'ai trop flippé !!
— C'est bon, c'est passé.

On recommence à pousser la jambe qui finit par tomber dans le fossé.

— Ouf !

Quand des phares surgissent de la forêt par une piste et balayent la nuit.

— Vite ! Montez ! crie ma mère.

On saute dans la voiture qui démarre, mais le 4x4 vient se garer devant nous et un homme en treillis militaire en descend.

— Fonce !! Maman !!

Ma mère accélère, évite la voiture du type qui nous regarde

partir les yeux ronds, on file à toute vitesse sur la route des grands arbres.
Silence, juste le moteur, puis ma sœur et moi on éclate de rire et ma mère aussi.

— C'est nerveux, elle dit.
— Oh la folie, Maman, comme on a trop assuré !!
— Ouais, je dis, on est trop une *dream team* !
— Ouf ! C'était complètement ouf !
— Wahooouuu ! On est les best !!
— Merci, les filles, vous m'avez bien aidée !

On rentre à la maison trop fières trop excitées. On gare la voiture en rigolant dans le garage.
Quand on arrive à la cuisine, mon père est là. Il épluche des légumes.

— Je fais une soupe.
— Papa, on t'aime ! on crie ma sœur et moi en lui sautant au cou.

Il nous regarde étonné.

— Moi aussi.

S.O.S.

On dira que les gens font ce qu'ils peuvent, et c'est vrai. On dira que tout le monde fait n'importe quoi, du nord au sud et d'est en ouest, et c'est vrai. On dira que les dieux font la sieste, et c'est vrai.

Mais on ne pourra pas dire que j'ai lâché l'affaire, j'ai même lourdement insisté pour que quelqu'un se décide.

On dira que j'aurais pu y aller moi-même, et c'est vrai. Mais je n'étais pas la plus proche d'Emma et puis je ne connaissais pas tous les détails de l'histoire. À peine si je savais que Tom avait cassé, ni pourquoi, ni qui était sa nouvelle meuf. À peine si je savais que c'était Lucie. On dira que je l'avais croisé à la sortie du garage de Lucie après la répét, et c'est vrai. Mais comment j'aurais deviné que Tom sortait avec ? Je ne vais pas surveiller toutes les mains et les bouches de mes amies non ? On dira peut-être le contraire demain quand le passé aura dit son dernier mot. Peut-être. Mais c'est facile de savoir après !

Parce que quand on a vu Emma sur le toit du gymnase, on s'est tous regardés, paniqués, tétanisés, avec le principal qui nous posait mille questions, Emma au bord du toit qui hurlait qui pleurait, c'est Tom qui a répondu et qui est monté le premier. On dira que Tom n'était pas la personne idéale pour intervenir, et c'est vrai. Mais qui alors ? Il a fait ce qu'il a pu en attendant les flics et les pompiers. Il était là-haut avec Emma debout qui voulait sauter. Il faisait signe aux pions à la gestionnaire à tous les élèves qui attendaient en bas de s'éloigner. Il disait à ceux qui regardaient par les fenêtres de s'occuper de leurs affaires et de retourner à leur cours. Il a réussi à asseoir Emma sur le toit. À lui tenir les épaules. Pendant que les pompiers dépliaient l'échelle. On dira qu'ils auraient pu éteindre les gyrophares et les sirènes, et c'est vrai. On pouvait presque toucher l'électricité dans l'air. Et quand l'échelle a été posée, le premier pompier est monté, Emma a jeté un regard sur nous, elle a dit quelque chose à Tom, elle a couru vers le bord et elle a sauté,

son corps

a fait un soleil par-dessus le pompier qui a essayé de l'attraper, elle a rebondi sur les marches de l'échelle, sur le toit du camion, puis par terre. Tout ce temps, une éternité, le silence, le souffle coupé, à rêver que tout ça n'existait pas. Qu'elle allait se relever. Une éternité encore. À fixer son corps recroquevillé par terre devant le camion, ses cheveux éparpillés autour d'elle, ses bras ses mains, immobiles.

Puis quelqu'un a crié dans le silence, on a cherché qui, relevé nos têtes pour voir Tom sur le toit, on l'avait oublié, mais Tom était toujours sur le toit, il a hurlé et a voulu sauter mais heureusement le pompier l'a retenu. Et le cri de Tom en a amené d'autres d'entre nous qui ont crié, comme des animaux. Un pompier s'est précipité sur Emma. Moi aussi Lila Mano tous les amis ont entouré le corps d'Emma. Le regard plongé dans l'attitude du pompier qui a fait signe de nous éloigner, qui a pris le bras d'Emma, son pouls, une éternité encore. À guetter un signe. Puis il a relevé la tête et dit qu'elle était vivante.

Alors on dira ce qu'on voudra, mais j'ai senti mes jambes m'abandonner, tout me lâcher, et je suis tombée dans les bras du pion.

Amen

La cathédrale de ma ville est haute de 89 mètres. Dit le papier à l'entrée. Sa croix fait 12 mètres. Son Jésus 9. Ses orgues 5. 17 rangées de bancs et 2 Vierges.
Des vitraux orange et jaune éclairent le curé devant mon oncle et ma tante qui se marient.

— Il n'est pas bon que l'homme reste seul, dit le curé dans son micro, et c'est pourquoi Dieu a créé les animaux. Mais les animaux n'aidaient pas assez l'homme. Alors Dieu a créé la femme.

Mon oncle sourit à ma tante, main dans la main, yeux dans les yeux, costume blanc sur robe blanche, coiffure et maquillages : tout est parfait.

Je suis restée dans l'entrée parce qu'on est arrivés en retard. Comme d'habitude, ma mère a pris des heures pour se préparer, mon père s'est trompé de chemin et nous a perdus dans les petites rues du centre-ville avant de se garer loin sur une place interdite, mon frère et ma sœur ont marché lentement parce qu'ils avaient mal aux pieds dans leurs chaussures neuves.

Devant nous, plein de gens assis bien habillés qui toussent, qui disent Amen, qui calment les enfants qui s'ennuient, qui attendent la fin de la cérémonie pour rigoler manger danser. Mais le curé continue :

— Le chemin est long, mes amis, il est difficile, mais une main vous guidera, une main ferme, une main douce, une main d'amour ! Unissez-vous à cette main, par cette main, en cette main, vous aurez l'amour éternel !

Il pose ses mains sur les épaules des jeunes mariés et les rapproche pour un baiser timide. Un enfant de chœur lance une musique d'amour sur les vieilles enceintes, émotion générale. Ma mère pleure. Mon père regarde le plafond de la cathédrale. Mon frère joue à cache-cache avec mon petit cousin. Ma mère et ma sœur pleurent.

Je ferme ma veste à paillettes sur ma robe blanche. J'ai l'air d'un chamallow. Il fait froid et fatigue. Je danse d'un pied sur l'autre, cherche une manière de rester debout.

— C'est bientôt fini ? je demande à mon père.
— Je sais pas.
— C'est chiant.
— Ouais.
— C'était comme ça quand tu t'es marié avec Maman ?
— C'était pire.

— Pourquoi ils se sont mariés alors qu'ils ont des enfants et tout ?
— Les impôts. Les impôts de Satan.

Mon père sourit, je ne comprends pas pourquoi. Le curé reprend le micro et invite tout le monde à s'approcher pour prendre des photos. C'est le grand moment du Oui final. Ça bouge sur les bancs, les gens sortent dans l'allée centrale et se calent sur les côtés, par terre, aux pieds des mariés qui se placent l'un en face de l'autre, les enfants de chœur derrière, et le curé au milieu qui commence :

— Bénédicte Marsol, voulez-vous prendre pour époux José Salis, ici présent, et promettez-vous de lui rester fidèle, dans le bonheur et dans les épreuves, dans la santé et la maladie, de l'aimer tous les jours de votre vie ?
— Oui, dit ma tante étranglée.
— Et vous, José Salis, voulez-vous prendre pour épouse Bénédicte Marsol, ici présente, et promettez-vous de lui rester fidèle, dans le bonheur et dans les épreuves, dans la santé et la maladie, de l'aimer tous les jours de votre vie ?
— Oui, dit mon oncle étouffé.
— Je vous déclare unis devant Dieu par les liens sacrés du mariage, et vous souhaite tout le bonheur du monde !

Mon oncle et ma tante s'embrassent, les flashes crépitent, les gens applaudissent, tout est perché au sommet du plus beau jour de la vie, et je pleure, émue quand même.

Je me demande si je me marierai un jour. Je voudrais savoir avant avec qui comment où dans quelle tenue quelle musique. Ne rien laisser au hasard.

— T'as vu ton frère ? me demande ma mère.
— Non.

Je regarde autour mais la foule se disperse entre les bancs vers la sortie de la cathédrale, les mariés suivent et s'arrêtent sur le parvis pour recevoir un nuage de riz sur la tête.

Soudain, de sous la robe de ma tante sortent mon cousin et mon frère qui rigolent.

— Il sont nés les divins enfants, chante mon père.

Antonin le matheux a calculé : le toit du gymnase est à 16 mètres du sol, Emma pèse 42 kg, elle a donc frappé le bitume de la cour à 64 km/h, après une chute de 2,8 secondes qui a duré l'éternité pour nous.
Mathilda l'a dessinée en arts plastiques, debout sur le toit, avec le camion des pompiers, l'échelle, et des pointillés au sol, là où son corps a atterri.
Avec Mano Lila Lucie on a fait une chanson en musique sur un SMS qu'Emma avait envoyé de l'hôpital.
Toute la classe a vu un psychologue qui nous a posé des questions, qui a écouté nos réponses, en gardant les mains dans ses poches. Il avait un sourire de star, des yeux trop bleus. Quand il a écrit au tableau, on a vu qu'il était un peu chauve, ça a cassé le mythe.
La gestionnaire a disparu une semaine. Les pions ont gardé une photo d'Emma sur leur bureau. Tout le bahut se réparait. Même les agents d'entretien sont montés vérifier le toit, ils sont restés immobiles un moment à regarder en bas, les poings sur les hanches.

Et puis Emma est revenue.

Elle arrive au collège en taxi. Elle roule en fauteuil dans les couloirs. Elle prend l'ascenseur pour monter les étages. Elle

est dispensée de sport. Elle a une place sans chaise devant le tableau dans toutes les classes. Elle ne s'assoit pas, elle se gare. À sa place réservée. Handicapée.
Chacun son tour, on l'accompagne, on pousse le fauteuil, on porte son cartable ou son plateau, on ouvre les portes. On essaye de discuter mais elle garde souvent le silence, les cheveux en rideau devant son visage. On aimerait bien lui dire qu'on l'aime toujours, comme avant, mais on n'ose pas. On en parle entre nous pour l'instant. On attend.
Elle tiendra debout peut-être plus tard, après la rééducation, les exercices en piscine, en salle de gym, chez les masseurs, les neurologues. Les médecins se demandent encore comment sa colonne vertébrale, son crâne, ses organes n'ont pas explosé dans le choc.
Personne ne se demande pourquoi elle a sauté. Parce que tout le monde sait. Sauf Tom. Devenu fantôme. Tout blanc gris. Les yeux vides. Il parle tout seul. Il a vu le psychologue en classe, et il le voit toujours dans son cabinet en ville. Parfois il est absent plusieurs jours et il revient dans le même état. On a beau le questionner, il répond à côté. On dirait qu'il est tout entier à côté. Des fois il parle avec Emma. Qu'est-ce qu'ils se disent ? Personne ne sait. Des histoires de revenants peut-être.

7e jour du Sagittaire

Vent faible

La colonne de fumée au-dessus d'Auschwitz est bien droite
Le champignon nucléaire d'Hiroshima immobile

Les incendies en Amazonie
L'océan sous Fukushima
Flotte
Brûlent
Tranquilles

Tout se tient
Comme un i majuscule
Pour Inhumanité

Même mon souffle rejoint le ciel
Sans trembler

C'est un temps
À hurler debout.

DÉCEMBRE

180 bpm

Un bébé pleure dans le couloir de mon film. Un fou le décapite à la hache. La tête du bébé roule aux pieds d'une femme de chambre qui hurle. Le fou lui plante sa hache dans l'épaule, un geyser de sang gicle sur la moquette. Elle hurle encore et part en courant dans le couloir avec la hache plantée, le ruisseau de sang derrière elle. Le fou la poursuit en dérapant dans la moquette, jusque dans un ascenseur où il l'égorge avec les dents. Puis il appuie sur un bouton et l'ascenseur descend au rez-de-chaussée où attend un vieil homme en chemise blanche qui siffle un air d'opéra. Un son de clochette prévient que l'ascenseur est arrivé à destination. Tout doucement l'ascenseur s'ouvre. La femme de chambre s'écroule aux pieds du vieil homme qui arrête de siffler pour appeler à l'aide un jeune en uniforme de la sécurité. Ils regardent tous les deux le cadavre de la femme de chambre, puis l'intérieur de l'ascenseur plein de sang sur le miroir où apparaît tout à coup le visage du fou, le sourire rouge. Le jeune de la sécurité sort son flingue, mais le fou pousse le vieil homme devant lui et le jeune de la sécurité tire dans la chemise blanche qui s'imbibe d'hémoglobine. Ensuite le fou attrape le bras du jeune de la sécurité et le tord jusqu'à ce que le flingue tombe à côté du vieil homme qui agonise. Le fou et le jeune de la sécurité s'étranglent pendant que le vieil homme ramasse le flingue et vise le fou qui tourne au dernier moment et le jeune de la sécurité s'écroule, une balle dans le dos. Le fou part alors au bar de l'hôtel où les clients s'enfuient par les issues de secours en hurlant comme des oiseaux en cage.

Il est 3h13.
Je jette un œil à côté de moi sur Lucie qui grince des dents.
Mano se ronge les ongles, Lila ricane, Tino et Carrie dorment au pied du canapé.
Sur les murs du salon, sur nos visages, éclaboussent des flashes d'horreur en même temps que nos yeux papillonnent de peur et de sommeil, que nos corps sursautent.
Ma maison résonne des cris des clients du Blood Hotel et de la musique en mode cardiaque.

Mes parents sont partis avec mon frère et ma sœur dormir chez leurs amis. J'ai la maison pour moi et nous jusqu'à demain, tout à l'heure en fait. C'est beau la liberté la nuit. J'ai fait des pop-corn.

Quand le film se termine, on décide de dormir tous ensemble dans ma chambre, porte et volets fermés. Avec les pop-corn, du pain de mie, de l'eau pétillante et des bonbons. On appelle ça le Food Hotel.

25 décembre

Les pieds nus dans les aiguilles de sapin, mal réveillée à midi, ma famille autour, grand-mère oncles tantes parents frères sœurs cousins cousines qui jouent déjà aux jouets jetés là par le Père Noël cette nuit. Sous l'œil des boules et des guirlandes, je déchire le papier d'emballage et je tombe sur une carte postale *Ma Rosa chérie, je te souhaite un joyeux Noël!* signée Tata et Tonton, avec un chèque glissé dedans. Je lève la tête, Tata me regarde et je souris.

— Merci.
— Chut, elle fait, un doigt sur la bouche, un autre qui pointe mes cousins et mon frère qui croient encore au Père Noël.

J'attaque un nouveau cadeau en forme de carte postale aussi, avec un autre petit mot signé Fred et Titi et un billet dedans. Je regarde mon oncle et ma tante et j'articule de loin un merci muet.

J'ouvre un autre paquet, plus gros, plus lourd, carré, une boîte blanche, un ruban autour, je défais le nœud, impossible, je le coupe avec les dents, impossible, ma mère me tend une paire de ciseaux, je coupe, j'ouvre la boîte, une feuille de polystyrène, un sachet en plastique noir fermé, des câbles,

un mode d'emploi en chinois, j'ouvre le sachet, impossible, je prends les ciseaux, je perce le sachet, de plus en plus énervée par les emballages d'emballages, impatiente, je tire sur le plastique, l'arrache et me retrouve avec un micro dans les mains, argenté, un micro !
Je lève la tête et croise le regard de mes parents qui me montrent ma grand-mère qui pétrit avec mon cousin de la pâte à modeler. Je m'approche d'elle, je lui fais un bisou et lui murmure un merci. Elle me sourit comme si elle ne savait pas pourquoi puis s'illumine quand je lui montre le micro.

— Ah oui ! Tu vas pouvoir chanter fort maintenant ! elle dit. Tu me feras écouter ça hein ?!
— Oui, Mamy !
— Sauf si c'est du rap, moi j'aime pas ça… !
— C'est pas du rap, t'inquiète pas…
— C'est quoi comme genre ? Chanson française hein ?
— Euh, je sais pas, genre, euh, oui, chanson, française, euh oui, c'est en français…
— C'est bien ! elle dit en se remettant à la pâte à modeler.

Puis je prends mon dernier cadeau, un modèle carte postale encore, je déchire le papier d'emballage doré que je reconnais de chez moi, j'ouvre une carte postale *Bon pour une guitare à choisir ici*, au-dessus d'un tampon de magasin de musique, *Joyeux Noël !* signée Papa et Maman. Un feu de joie m'allume les joues, je cours sur les épines les oranges les papiers pour sauter au cou de mes parents et les embrasser en criant merci !

À partir de là, la journée est hyper longue, le temps passe seconde après seconde à l'horloge de ma grand-mère, au rythme des plats des casseroles des bouteilles qui atterrissent sur la grande table devant moi : apéritif toasts cacahuètes chips huîtres terrine saumon trou normand dinde légumes riz pause discours de Mamy spectacles des enfants vieilles chansons reprises par tout le monde fromage dessert café digestif.
J'encourage mes parents à finir vite, à partir avant que le magasin de musique ne ferme.

— Mais tout est fermé aujourd'hui ! ricane mon oncle.

Et le temps tombe comme la nuit pendant que ma famille digère dans les canapés les fauteuils en grignotant des biscuits pour le goûter en attendant l'apéritif du soir et le dîner qu'on enchaîne.
Je passe peu à peu de la joie la plus rouge à la colère la plus noire, l'envie de tenir ma guitare me démange comme un eczéma, j'en peux plus d'attendre, je déteste mes parents ma famille, et que crève Noël ! Brûlent ses sapins ! Explosent ses boules ! Guirlandes de merde !

Je file dehors me calmer dans le froid, je fais le tour de la maison, je croise mon cousin qui fume sous l'abri bois en cachette. Il sursaute quand j'approche.

— C'est qui ?
— C'est moi, Rosa.
— Tu m'as fait peur, qu'est-ce que tu fais ?
— Je prends l'air, et toi ?
— Je fume. Tu veux ?
— Non merci.

On se tait. On entend les voix dans la maison, les chaises qui grincent, les assiettes et les verres qui tintent derrière les façades.
Le brouillard flotte au-dessus des réverbères, fait un coton froid et orange tout autour de nous.
Mon cousin respire, la fumée passe de la cigarette à sa bouche et va se mêler à la brume, comme une cheminée d'usine vivante. C'est beau, ça pue, c'est mortel.

— Depuis quand tu fumes ? je lui demande.
— Je fume pas. Pas beaucoup.
— Depuis quand ?
— Un an peut-être.
— T'aimes ça ?
— Ouais.
— Et tes parents ils le savent ?

— Non. S'ils savaient ils me tueraient… plus vite que le cancer !

Une fenêtre à l'étage s'ouvre et mon père sort la tête.

— Vous venez manger ?
— Euh, deux minutes !

Il referme la fenêtre.
Mon cousin tire une dernière taffe et jette sa cigarette par terre.

— C'est dégoûtant, je dis.
— Quoi ?
— Ben ta clope dans le jardin là…
— Oh c'est bon, y'a pas de cendrier.
— Non mais tu peux jeter à la poubelle.
— T'es quoi toi, écolo ?
— Non mais je sais pas, les mégots c'est pas…

Il se penche, ramasse le mégot et le met dans sa poche. On commence à monter l'escalier quand mon cousin s'arrête et se retourne vers moi.

— Ça pue, il dit.
— Ouais.
— Ça sent quoi ?
— On dirait les moules.

— Ouais.
— Beurk. J'ai pas faim. Ils sont tarés de bouffer comme ça.
— Mouais. Moi je mangerais bien encore ! S'il reste une bonne tranche de chevreuil !
— C'était du chevreuil ? Je croyais que c'était de la dinde !
— Eh non c'est le chevreuil que j'ai buté avec mon père !
— Oh ?!

J'ai un haut-le-cœur. Un filet de bave de bile de vomi m'échappe entre les lèvres et vient gicler sur les chaussures de mon cousin.

— Oh tu fais quoi ? il crie en reculant.

Le goût amer me tord la gorge. Je m'appuie à la rampe secouée par des spasmes. Mon cousin rentre dans la maison et revient avec ma tante.

— Oh, Rosa chérie ! elle dit. Attention à ta robe, tiens !

Elle me donne une serviette en papier, je m'essuie, je reprends mon souffle, j'essaye de ne pas avaler trop de salive au goût vomi. Ma mère arrive.

— Qu'est-ce qui se passe ? elle demande.
— Elle est malade, dit ma tante.
— Viens t'allonger dans la chambre de Mamy.

Ma tante et ma mère me couchent sur l'édredon mauve où je m'enfonce, puis elles me laissent seule. Je compte les fleurs au plafond quand ma sœur passe dans le couloir.

— Viens voir ! je l'appelle.
— Quoi ?
— Tu sais quoi ?
— Non.
— La viande.
— Quoi ?
— Tu sais ce que c'était ?
— Nan, du poulet ?
— Non.
— Ben alors ?!
— C'était du chevreuil !
— Nan ?!
— Si !
— Ah !!

Elle pousse un cri, ouvre les yeux ronds, sa main sur la bouche pour retenir ce qui finit par inonder l'édredon, et ma robe et moi.

Merci Noël.

Antérieur

Poème punk

Ne me dis pas
Que tu ne sais pas
Qui tu es.

Tu as un nom
Un corps
Un esprit
Une histoire.

Tu cherches peut-être
À savoir qui tu seras
Mais tu ne sauras jamais.

En vérité
Je te le dis
Le futur n'existe pas.

Décollage

Avec Lila, je suis sur mon lit les jambes allongées et je parle au plafond.

— À la page 111 d'un livre, je fais un vœu. Quand j'entends des cloches qui sonnent, je fais un vœu. Si je croise un chat tout blanc, je fais un vœu. À 22h22 je fais deux vœux : un pour moi, un pour quelqu'un d'autre…
— Un vœu pour moi ? me demande Lila.
— Je peux pas le dire.
— Allez, dis si c'est pour moi au moins !
— Non. C'est secret.

Elle tourne la tête vers le mur où sont scotchées mes photos d'amis d'enfance de vacances.

— Si je le dis ça se réalisera pas, je dis par-dessus son épaule.
— Je sais.

Elle pose un doigt sur une photo.

— C'est moi là ?! elle dit. Regarde ma tête, oh là là !
— T'étais belle.
— Arrête ! Ma coupe de cheveux, on dirait un poireau !

— Même, t'étais belle quand même !
— Peut-être plus belle qu'aujourd'hui... Maintenant j'ai l'air d'un poireau à boutons !
— Tu rigoles, t'es encore plus belle maintenant !
— Arrête, Rosa, tu veux me faire plaisir c'est tout, moi je me sens moche.
— Moi aussi je me sens moche, mais je suis vraiment moche ! Alors que toi...
— T'es pas moche ! Rosa, t'es magnifique !
— Arrête ! T'as vu mes sourcils ? Mon nez ? Mes dents ? Y'a rien de beau, rien du tout !
— C'est pas vrai, j'y crois pas, t'es la plus belle de la classe, même de la ville, et tu te plains ?! Regarde ma tête à moi !

Elle colle sa joue contre la mienne devant l'écran de son téléphone. On est toutes les deux si proches qu'on dirait une tête à deux visages.

— Alors ? C'est qui la plus belle ?
— C'est toi Lila.
— Pffff.
— Regarde ta bouche, trop belle, et tes yeux, trop beaux, et tout est trop beau chez toi, on a envie de te manger tellement t'es belle !

Elle me regarde avec le sourire, ses yeux si près que je peux me voir dedans sourire aussi.

Le temps suspendu à nos yeux face à face qui battent la mesure des secondes.
Nos souffles.
Nos cœurs battent la mesure du silence.
Nos lèvres. S'approchent. Se frôlent. Se rencontrent. Se touchent. Se mêlent. S'ouvrent. Se goûtent. Se séparent.
Nos visages s'écartent.
Nos yeux fixes. Perdus au fond d'une question. À hésiter à poser. À garder pour soi. À brûler nos langues. À attendre un incendie qui nous pousse par la fenêtre d'une parole.

— C'est la première fois, dit Lila la première.
— Moi aussi, je dis.

J'ai peur. J'ai honte. J'ai envie de recommencer.
Je réajuste l'oreiller derrière ma tête, je lisse le drap, je regarde l'heure sur mon téléphone, je machine des machins machinalement pour distraire l'instant. Quand je relève la tête, Lila me regarde, se penche vers moi et m'embrasse. Ses bras autour de mon cou. Sa langue autour de ma langue. Nos bouches traversent les nuages. Les forêts. Les émotions. Et reviennent à la réalité de ma chambre.
Elle se lève.

— Je vais y aller, elle dit.
— Ok.

Elle remet ses chaussures, je ne sais pas quoi faire, elle prend son sac, je voudrais dire quelque chose au moins, elle ouvre la porte.

— C'était bien, je dis.
— Ouais. C'était ton vœu ?
— Hein ? Ah je sais pas…
— Ah oui c'est vrai : c'est un secret !
— Ouais.
— Un secret qui s'est réalisé !

Elle ferme la porte. Me laisse perchée. Un sourire au plafond.

XXe siècle

Dire qu'avant, ma grand-mère n'avait pas le droit de travailler, de voter, d'avorter, d'avoir un compte à la banque.

Dire qu'avant, le téléphone avait un fil, la télé moins de chaînes, et Internet n'existait pas.

Dire qu'avant, je n'étais pas née.

Comment faisait le monde pour tourner ?

Quand j'étais Licorne, je chevauchais les arbres et rien ne m'arrêtait que le plancher du ciel.

Puis je suis devenue Amazone, j'ai laissé tomber les écorces pour grimper à cru les cuirs, les crinières.

Puis Mogwai, j'ai visité sous la pluie les ruines du monde, lancé les cadavres de mes ennemis à manger aux chiens.

Puis Chimère, j'ai volé une âme de duchesse pour me la péter au champagne.

Puis Médée, j'ai dévoré mes enfants parce qu'ils avaient du chagrin pour leur père que j'avais étranglé la veille.

Puis Méduse, j'ai pleuré un tsunami.

Puis Vampire, j'ai dormi sous les ponts du Diable.

Puis Harpie, Vouivre, Antigone, Sirène, Sorcière, Ministre, Fée, Feu Follet, Faucheuse, Âme-en-peine, Dame Blanche, j'ai tenté tous les rôles, toutes les fonctions d'une femme.

Aujourd'hui je voudrais juste être une fausse moustache, et me balader sur les lèvres de Barbie.

Saint-Sylvestre

Jour de fin nuit de début je commence à sentir mon cerveau ramollir mes mains gauches mes yeux pétillent dans les lumières la musique me tape sur le cœur je danse je suis libre ivre bien limite au milieu du dancefloor mes potes autour libres ivres aussi sourires de Lila Mano Nina Tino Lucie tout tourne dans le sens de nos pieds nos bras qui flottent légers sur l'air de *Natsukashii* les murs de la salle des fêtes du village avancent reculent palpitent comme le poumon du village je respire inspire l'année dernière se termine l'année prochaine démarre décolle sur les basses ferme les paupières oublie tout suis le cours le flow les ondes jusqu'à la fin du morceau file me chercher un verre de rhum le boire dehors l'hiver le village le froid le silence la sueur à mon front figée Lila en sueur aussi avec Tino qui fume un joint me le tend non merci je dis comme d'hab et puis je réfléchis me dis pourquoi pas après tout l'année se termine une autre commence alors pourquoi pas dans l'entre-deux essayer quelque chose tire sur le pétard une taffe deux taffes goûte l'herbe le tabac la nuit la sensation Lila prend le joint tire dessus en disant que pour une fois pourquoi pas fume fume l'esprit de la fête plane au-dessus des rues noires du village le boum-boum des basses pulsation du son et du sang dans mes veines dans les rues dans la nuit me sens bien tellement ailleurs et tellement là dans le temps qui s'arrête m'imagine la tête levée quand du ciel tombe tombe une plume qui vole lentement une autre plume sur mon visage Lila murmure il neige Tino regarde là-haut souffle oh putain dans la salle des fêtes ça hurle 5 4 3 2 1 bonne année la musique repart à fond Lila Tino les autres et moi on s'embrasse s'enlace hallucine sous la neige retourne danser sauter attraper les lumières les amis la naissance d'une année à la campagne.

JANVIER

Amour.
Corps.
Amis.
Collège.
Famille.
Guitare.
Basket.

Je fais la liste de mes sujets.

Gourmandise.
Orgueil.
Luxure.
Avarice.
Envie.
Paresse.
Colère.

La liste des péchés capitaux.

Sept partout.
Sept questions qui mènent chacune à sept mauvaises réponses.

Quarante-neuf fois l'occasion de suivre une pente vers le vide. De trébucher dans les enfers.
Autant de questions qui se posent à chaque question et qui dessinent une toile d'araignée où je reste collée immobile.

Peur. Peur. Peur. Quarante-neuf fois peur d'avancer.
Seule, sans un théorème, avec mes pauvres tables de multiplication, je cherche à me soustraire à la peur, à résoudre une équation aux quarante-neuf inconnues.

Est-ce que la vie est si mathématique ?

De l'autre côté du miroir, ma mère m'observe.

— T'as grandi.
— Ah bon ?

J'enlève la robe bleue et j'essaye le pull en laine blanche.

— Ça te va mieux d'être grande, elle dit. Quand t'étais petite t'étais grosse. Là t'es devenue une femme mince, presque.
— Maman, parle pas comme ça.
— Quoi ?
— Presque femme ou presque mince ?
— Quoi ?
— Rien.

Je me tourne devant le miroir, le pull me tombe derrière les genoux.

— C'est trop grand, je dis.
— Y'a des trucs qui vont pas, mais c'est sympa de nous avoir donné des fringues.
— Ouais, tu remercieras ta copine.
— Et ça ?

Elle me tend une jupe rouge. J'enlève le pull et j'enfile la jupe.

— Elle te va super bien, dit ma mère.
— Tu trouves ?
— Ouais. Vraiment. Avec ça tu vas faire tomber les garçons !
— Arrête.
— Si c'est pas déjà fait…

Elle observe ma réaction. Pour deviner. Pour savoir.
Je me regarde dans le miroir. Elle apparaît derrière moi, ses mains sur mes épaules.

— T'as un petit copain ? elle insiste.
— Arrête, Maman.
— Ben quoi, j'ai le droit de savoir non ?
— Non, j'ai pas de petit copain.

J'enlève la jupe, je remets mon jean.

— Y'a personne dans ce petit cœur ? elle demande.
— Si.
— Ah tu vois, j'en étais sûre. Comment il s'appelle ?

Elle plie les vêtements et les range dans mon armoire. Les mots tournent dans ma tête et se bloquent dans ma gorge. Je ne sais pas comment dire. En même temps ma langue brûle.

— C'est une fille, j'ose avouer.

— Hein ?
— Elle s’appelle Lila.
— Qui ça ?
— Dans mon petit cœur il y a Lila.

Mon cœur bat. Ma bouche est sèche. J’ai l’impression d’être au milieu du désert. Ma mère tient la jupe rouge pliée contre elle, les mains crispées dessus.

— C’est une fille ? elle murmure.
— Oui.
— Mais pourquoi ?
— Pourquoi ? Parce que c’est comme ça. Parce que c’est elle.
— T’aimes pas les garçons ?
— Si.
— Alors pourquoi ?
— Je préfère Lila. Ça s’explique pas.

Elle range la jupe.

— T’es encore jeune, elle dit. On verra ça plus tard.
— Hein ?
— En attendant on va rien dire à ton père.

Elle sort de ma chambre sans un regard. Sans un geste. Comme si j’étais invisible.

Je prends la jupe rouge, la jette par terre, la piétine.

Jeudi

Les adultes parlent tout seuls. Ils s'écoutent critiquer les jeunes, le président de la République, la société ou les voisins. Ils se croient tellement importants, tellement sûrs, tellement intelligents, qu'ils pourraient faire un gouvernement à eux tout seuls, une société meilleure où ils auraient les voisins et les jeunes qu'ils préfèrent. Aussi facile que ça, si on les écoutait.

Mais voilà le problème : ils sont entourés de sourds et d'imbéciles. Personne n'a l'air d'entendre, de comprendre ce qu'ils racontent. Alors rien ne change autour d'eux. Ça les rend tristes. Ils pleurent dans la nuit. Ils perdent l'appétit, la force, l'envie de continuer, s'assoient en silence la tête dans les mains. Ils sont perdus. Au milieu de leurs certitudes en ruines, ils attendent que leurs enfants viennent les chercher.

Carte mentale (1/1000e)

Vue de loin et à moitié allongée, je ressemble au Japon. Ma tête à Hokkaido, mes fesses à Tokyo, mes pieds à Kyushu.

De face et de haut en bas, je me tiens légèrement penchée vers la gauche, les poings sur les hanches, les pieds recroquevillés car le sol est froid.

Au nord-est de ma joue gauche : une cicatrice de varicelle grattée à l'ongle de mes cinq ans.

Au sud de mon menton : une cicatrice de chute sur un mur en béton le jour de mes sept ans.

Au pli du coude droit : une ligne dans la peau traverse le bras sans raison ni blessure.

Sous le sein gauche : un grain de beauté rouge.

Nombril rentré, comme timide ou frileux.

Au genou droit : une cicatrice de frein de vélo tordu sur la route de mes neuf ans.

Au tibia gauche: cicatrice d'une pierre jetée par mon meilleur ami de CE2.

Gros orteil droit: ongle écrasé, tombé, repoussé différent du gauche, plus opaque et strié.

De dos et de haut en bas, je me tiens les épaules un peu voûtées, les cuisses fermes, les mollets ronds.

Sous la clavicule droite: gros grain de beauté marron.

Au nord des fesses: ligne de duvet qui longe la colonne vertébrale sur trois centimètres.

Au talon gauche: coupure récente de ma basket neuve.

Je suis un paysage accidenté.

Globalement, mon caractère se situe vers l'équateur. Irritable le matin, gourmande le midi, joyeuse l'après-midi, calme le soir. Je pourrais vivre en Équateur, en Colombie ou au Brésil. Au Gabon, au Congo, en Ouganda, au Kenya ou en Somalie. Dans les Maldives ou l'Indonésie.

Partout ailleurs qu'ici: j'habite un désaccord géographique. Je n'ai pas de volcan ni de mer à proximité, pas de montagne ou de lac. Rien que des rues, des avenues, des antennes sur les toits des centres commerciaux. Nulle part où étendre mes racines, où dessiner mes frontières, où couler mes ruisseaux, où rouler mes collines.

Pile ou face

J'ai le droit
D'aller à gauche

J'ai la liberté
De m'enfermer

J'ai le pouvoir
D'être fragile

J'ai plein
De vides

J'ai le défaut
D'être géniale

J'ai la honte
De ma fierté

J'ai l'habitude
De l'aventure

J'ai du mal
À être bien

J'ai la fin
Qui commence

Le début
Qui continue.

Bémol

Je joue de la guitare dans ma chambre pendant que mon frère tape dans un ballon contre le mur et que ma sœur écoute sa musique à fond. Je m'entends à peine même si je penche mon oreille contre les cordes.
Tant pis. Je ne dis rien. Je respire. Zen. Je cherche les accords. Je cherche l'harmonie. Et rien ne m'empêchera d'arriver au vendredi 24, journée des Talents, rien ne me détournera du concert des Épiphony, mon groupe, dans le réfectoire du collège.

Mano m'a montré les cases où poser les doigts, les cordes à gratter pour faire sonner les premières notes de notre morceau *Force 2* :

Au vent j'oppose une pierre
si elle tombe c'est force 2
À la mer je jette une feuille
si elle coule c'est force 2
Au soleil j'offre mon crâne
s'il brûle c'est force 2
À la terre je cache mon amour
s'il s'en sort c'est force 2

À force À force À force 2
À force de chercher
je me perds

Je m'entraîne, je m'échauffe, je tords mes doigts pour passer du Si au Sol, dans le vacarme de chez moi, frère et sœur rejoints par ma mère qui passe l'aspirateur dans le couloir. Je craque. J'ouvre ma porte et hurle.

— OOOOOHHHHHH !

La main de mon frère me jette son ballon à la figure.

— BUUUUUUUUT !

Ma sœur s'en mêle avec son téléphone à fond.

— I LOOOOVE YOUUUUUUUUUUU !

Ma mère pose un pied sur le ballon et crie.

— STOOOOOOOPPPPP !

Mon père débarque dans le couloir et pose un pied sur l'aspirateur.

— SILEEEEEEEENCE !

L'aspirateur s'éteint en même temps que le téléphone. Une espèce de ciel tranquille traverse le couloir.

— Merci, je dis et referme ma porte, retourne à ma guitare pendant que mon frère pleure son ballon et ma sœur son téléphone.

— J'EN AI BESOIIIIIIIIIIIN !
— S'IL TE PLAÎÎÎÎÎÎT !

Mon père claque la porte de leur chambre sur le bruit de leurs larmes.

— OUUUUUUUUUHHHH !
— BAAAAAAAAAABBAAAAAAAAA !

Ma mère relance l'aspirateur.

— MAAAAAARRRRRE DU MÉNAAAAAGE !

Mon père éteint l'aspirateur.

— ARRÊÊÊÊTE!

Ma mère rallume, mon père rééteint, les portes se rouvrent se referment sur les cris les pleurs, l'ambiance est au chaos général.

J'ouvre ma porte et je regarde mes parents tourner autour de l'aspirateur.

— C'EST TOUJOURS MOI QUI FROTTE !
— C'EST TOUJOURS MOI QUI TONDS !
— C'EST JAMAIS TOI QUI CUISINES !
— C'EST JAMAIS TOI QUI GARAGES !

Je les fixe en silence, ma guitare à la main, jusqu'à ce qu'ils m'aperçoivent.

— QU'EST-CE QUE TU FAIS ?
— J'attends.
— TU ATTENDS QUOI ?
— Le calme.

Ils m'observent, puis mon père soupire et range l'aspirateur pendant que ma mère va demander à mon frère et à ma sœur de se taire.

Un nouveau ciel passe dans le couloir, lentement.

Je ferme ma porte, reprends mes gammes Si Sol Si, les doigts crispés sur les cordes, le front zébré par un stress de tempête : Force 1000 en rafale de famille.

Hymne

Épiphony

Les yés-yés bégayent et le twist à peine
Le slow s'en lasse et le disco débraye
La chanson déchante et ses pieds s'emmêlent
Quand on danse maintenant c'est du cerveau
Et les jambes ont l'air de jambonneaux
Il me faut de l'Épipho
Épiphony

La salsa sent la sauce industrielle
La pop-corn s'essouffle au cœur
Le rap pleure affamé dans la FM
Quand on se révolte maintenant c'est dans le frigo
Et les rebelles sont cent pour cent zéro
Il me faut de l'Épipho
Épiphony

Ils ont presque fini leur crise d'ado – Épipho
Ils ont l'âge des jeunes crocos – Épipho
Ils en ont soupé de la techno – Épipho
Ils ont catapulté Acapulco – Épipho
Ils ont vendu leur chance au loto – Épipho
Ils ont scarifié Scarface au stylo – Épipho Épipho
Épiphony

Le blues éraillé racle un fond de pot de miel
Le reggae d'autoroute roule rien qu'une pelle
Le rock pique la barbe aux vieilles ficelles
Quand on finit maintenant c'est en héros
Et les dinosaures s'achètent une bimbo
Il me faut du sang neuf Épipho
Épiphony

Ils ont changé de cap à Zorro – Épipho
Ils ont tout fait même toréros – Épipho
Ils ont tout pris même le métro – Épipho
Ils ont pas de problème d'égo – Épipho
Ils vont irradier la radio – Épipho Épipho
Épiphony

Rétro

Quand j'ai commencé ce journal, je ne pensais pas arriver jusque-là. Je pensais juste griffer des limaces, écraser des cafards, caresser des panthères.
Mais aujourd'hui je relis les pages une par une, je me rends compte que j'ai aussi plié des girafes, tatoué des libellules, accouché des vipères, décoiffé des narcisses, moisi des pamplemousses, noyé des piranhas, cousu des becs, vissé des noyaux, tranché des autruches.

Je réalise que des mois ont passé depuis ma première page. Que les jours se sont empilés sur des lignes, et les lignes ont couvert des pages qui peuplent tout un cahier.
C'est énorme ce que j'ai collectionné, une vraie aventure de mots, au hasard des moments volés aux devoirs, au sommeil, à la routine.

C'est bizarre de voir ma vie défiler au fur et à mesure des phrases, de revivre tout ça en lisant, de regarder celle que j'étais devenir peu à peu celle que je suis.

J'ai un peu honte aussi d'avoir été celle-là. D'avoir pu écrire par exemple : « Je sens la guitartiflette. »

J'espère que ça restera entre nous ?

Le problème, c'est que Lila est là. Dans le garage de Lucie. Qu'elle joue du clavier devant moi. Qu'elle me sourit à chaque fois qu'elle lève la tête. Qu'elle m'encourage à chanter. Qu'elle pose une main sur mon épaule et murmure à mon oreille :

— Je suis trop contente ! Épiphony c'est le grand kiff, le groupe de mes rêves !

Puis elle m'embrasse au coin des lèvres et prend tout le monde Lucie Mano et moi par la taille en hurlant :

— Oh vendredi le concert ! Mythique !
— Hip hip hip !
— Yeahhhhhhh !

On se regarde, à la fois transis de joie et de peur. On imagine la foule du collège, les sixièmes les cinquièmes les quatrièmes et surtout les troisièmes au premier rang qui détaillent chacun de nos gestes, chacune de nos fringues, pour critiquer baver juger. Puis les profs debout sur les côtés qui s'ennuient et bâillent en attendant la fin de la soirée Talents où défilent les pires numéros des artistes du collège :

la petite sixième chanteuse sosie d'Ariana, silicone en moins, qui se croit à la finale de *Golden Voice*, les trois cinquièmes qui jonglent avec des balles en mousse depuis hier, les cinq quatrièmes qui dansent comme échappés d'un clip de gangsta rap, et nous Épiphony en train de massacrer la musique française.
On les voit déjà les profs, les pions, la gestionnaire, le principal, attristés par tellement de mauvais talents.

Seule Lila, avec son sourire et ses exclamations, pour nous remonter le moral, nous donner envie de continuer, de répéter encore et encore.

Seule Lila, toujours là, pour me ranimer le cœur qui fonce, qui me crie d'aller vers elle, en avant !
Pourtant j'hésite, je reste en arrière, coincée, dans la honte, la peur, sans savoir si j'ai le droit, si j'ai la possibilité d'aimer Lila autrement qu'en amitié. Si je serai punie, moquée, pour avoir osé l'aimer d'amour.

Et d'ailleurs qu'est-ce que c'est l'amour ?
Si c'est sentir dans son corps le feu,
j'aime Lila.
Si c'est croire à la synchronisation des esprits,
j'aime Lila.
Si c'est attendre impatiemment le moment de se revoir,
j'aime Lila.

Si c'est avoir besoin de l'autre, envie de l'autre,
j'aime Lila.
Si c'est chercher à comprendre sans pouvoir savoir,
j'aime Lila.
J'aime Lila, oui.
Alors qu'est-ce qui m'empêche de l'aimer ?
À part moi ?

En attendant d'oser, je chante. Les yeux baissés sur les mains de Lila.

À la fin de la répétition, Lila reste chez Lucie pour la soirée, Mano et moi on va prendre le bus.

— C'était bien aujourd'hui, hein ? me demande Mano. On va tout péter vendredi !
— Mouais, je marmonne. J'espère. Si on pouvait jouer juste, déjà ce serait bien…
— Ouh là là, t'as le trac toi !? T'inquiète pas, Rosa, c'est pas le concert de l'année hein ! On joue dans le hall du collège, pas le stade de France !
— Heureusement ! Je voudrais que personne vienne…
— Raté ! Y'aura mes parents, ma sœur, mon cousin… ! Et tes parents aussi non ? Ton frère ta sœur, nos potes et tout !
— Ouais… J'ai trop peur, y'aura trop de monde…
— Mais nous on a Lila, notre pêche, notre énergie en baskets ! T'as vu comme elle est là ?! Une vraie folle !

— Ouais.
— Elle doit être amoureuse, y'a que l'amour qui rend si ouf !
— Ah ?
— Ben ouais !

Jusqu'au bus, je me dis que si l'amour rend si ouf, alors est-ce que j'aime Lila autant qu'elle m'aime ? Ou est-ce que ma folie se cache sous mes questions ? Est-ce que j'ai raison de me demander autant ? Pourquoi je suis comme ça ?

Réviser c'est recommencer relire reprendre revoir répéter la liste des théorèmes des dates des formules des chapitres jusqu'à savoir par cœur par habitude par réflexe la raison des invasions nazies le calcul des parallèles le pH neutre les nombres premiers.
Réviser c'est vivre au milieu de la mémoire saturée d'images de mots de chiffres. C'est marcher sur des couches de souvenirs et d'oublis accumulés.
Ma chambre est tapissée de Post-it jaunes verts orange de fiches aux titres soulignés en bleu en noir en rouge, de livres de cahiers de classeurs ouverts sur des leçons des bilans des corrigés.
Même ma chaise sert de support à dictionnaires, mon armoire déborde de vêtements dépliés et de chaussures empilées sur des chaussettes sales qui attendent d'être lavées rangées.
Je n'ai pas le temps de rien que réviser avaler les mille choses essentielles de la grammaire de la géométrie de la chimie de la biologie de l'histoire… Et j'en passe des détails technologiques ou géographiques qui comptent tellement dans l'affaire du brevet blanc et qu'il faut ingurgiter aussi pour assurer son avenir ! Un avenir blanc pour l'instant, un avenir pour rien qui ne compte pas vraiment sauf un peu,

un avenir qui se la joue vrai mais finalement non, un avenir en 2D, juste pour rigoler pour réviser pour se préparer au grand jour du brevet noir !

Chère Lila,

Je t'écris parce que je ne sais pas comment te dire quoi.
Je tourne et je retourne dans mon lit dans ma chambre dans ma tête dans la nuit le noir ne m'éclaire ni les idées ni les sentiments que j'ai pour toi.
C'est si fort si flou si perdu si plein de promesses que j'ai peur j'ai mal je suis heureuse je tremble de tout ressentir en même temps que je réfléchis d'un côté puis de l'autre de mon lit de ma chambre de ma tête.
Rien ne sort de la nuit. Ni loup ni petite fille. Je suis seule dans une forêt de questions qui craquent.
Excuse-moi Lila je t'aime. Mais aussi attends ne va pas trop vite parce que moi j'ai besoin de temps même si je cours dans mon lit dans ma chambre dans ma tête après les réponses les mots les sentiments pour toi galopent dans la nuit le noir et je n'attrape que leurs parfums. Je ne pourrai pas te raconter ça : l'encre de mon stylo ne sent rien.
Mais je vais essayer de te prendre dans mes bras. La prochaine fois. Même si c'est la nuit tout autour de moi. Tu es mon jour le plus clair. Mais je vois aussi tous ceux qui nous regardent.

Allez je recommence à réfléchir à noircir ma lettre ma chambre ma tête. Je noircis même la nuit.
Excuse-moi Lila je t'embrasse.

Rosa

8h37

Matin pâle. La peau d'hiver. Dans la salle 206. Froide à frissonner. Éblouie par le brevet blanc. Les yeux écarquillés. Le sujet sur la table. Le verbe dans ma trousse. Le complément quelque part dans mon cerveau. Chercher quelle phrase écrire comment. En français dans le texte de Boris Vian : *Les fourmis*.

Le début dit *On est arrivés ce matin et on n'a pas été bien reçus, car il n'y avait personne sur la plage que des types morts ou des tas de morceaux de types, de tanks et de camions démolis.* Expliquer la situation en 10 lignes maximum. La guerre. Étudier les différents registres de langue (10 lignes maximum). Soutenu, courant, argot. Imaginer la fin en 30 lignes minimum. La mort du héros.

Mon cerveau remue résume à la vitesse d'un réveille-matin. Bip bip bip. Mes neurones accrochent des idées, raccrochent des réponses. Tût tût. Faux contact : mon esprit décroche se fixe sur la prof d'anglais qui surveille la salle. Chemisier à fleurs bleues. Jupe droite et bleue. Cheveux blonds queue de cheval. Lunettes rectangles transparents. Le style équitation. Elle se lève et trotte dans l'allée en jetant un regard sur chaque table. Tic tic tic sous ses talons.

Retour au sujet Boris Vian *Les fourmis* la guerre. *Il venait des balles d'un peu partout et je n'aime pas ce désordre pour le plaisir.*

L'homme est soldat. Tank: deuxième guerre mondiale. Désordre et plaisir. Métaphore. Non. Oxymore. Quelque chose comme ça. Figure de style. Style. Stylo. Écrire. Question 1. Mon cerveau analyse. Niveau de difficulté 1. Jeu de rôle. Je suis une élève de troisième au brevet blanc de français. Je slalome entre les méchantes Grammaires et les horribles Orthographes qui me tendent des pièges en forme de S et d'accents circonflexes. Je négocie le Virage de la Mortelle Conjugaison, je traverse le Marécage aux Exceptions, droit vers la Caverne du Diplôme…
Mais au même moment la prof d'anglais tic tic tic ouvre la porte de la salle 206 et le prof de sciences physiques avance pof pof pof pof en baskets. Ils se murmurent quelque chose et la prof d'anglais tictictic sort vite et le prof de sciences physiques pof pof pof pof s'assoit sur son bureau balaye la salle du regard. Nos yeux se rencontrent en mode avion : aucune connexion.
Je replonge dans le sujet des Fourmis. *On a sauté dans l'eau, mais elle était plus profonde qu'elle n'en avait l'air et j'ai glissé sur une boîte de conserves.* Pollution. Peut-être. En 1949 déjà? Pourquoi pas. Mais c'est hors sujet. Ici c'est français, pas SVT. Bon. Mon cerveau a faim soif sommeil. Pas le temps. Question 1 à rédiger. Question 2, question 3, question 4. Concentre-toi Rosa.
Je lis le texte en entier. C'est pas joyeux. Ça se termine par *Il a dû salir le sable pas mal.* C'était un des seuls coins qui restaient propres. La guerre sale de sang et de folie. Boris

Vian était sûrement pour la paix. Moi aussi. Mais on s'en fout. Écris maintenant. Réponds à la question 1, à toutes les questions. Explique. Étudie. Passe ton brevet blanc. Augmente tes chances.
Devant moi, le prof de sciences physiques lance des index menaçants à une élève qui parle toute seule. Je me rends compte que c'est moi quand il s'approche et tapote sur ma table, les sourcils froncés.
Pendant qu'il s'éloigne, mon cerveau me parle :

— Ressaisis-toi, Rosa ! Arrête de bredouiller dans ton coin, et mets-toi au travail ! Travail. Torture. Tordue. Tortue. Accélère, Rosa ! Il te reste 2h38 pour finir ! Dépêche-toi !

Je l'écoute.

Je travaille.

J'accélère jusqu'à midi.

Puis je mange en décortiquant toutes les questions avec Lila et Mano à la cantine des moussakas.

— C'est abusé le sujet !
— Grave !
— T'as vu ?!

Diaporama

Quand je vois la photo d'un enfant qui meurt de faim
à côté de la photo d'une princesse qui se marie,
ou la photo d'un chien de concours
à côté d'une famille de réfugiés sur le trottoir,
ou la photo d'une ville d'Europe
à côté d'une capitale du Sud,
boutiques de luxe ou bidonvilles,
ordures ou caméras de surveillance,
ou la photo des incendies qui ravagent les forêts
à côté de la piscine privée d'un milliardaire,

quand j'entends que cent personnes
possèdent plus que la moitié du monde,
ou que la forêt disparaît comme la glace
ou les espèces animales ou les indigènes,
ou qu'en 2050 la Terre ne sera plus habitable,

quand je me sens vivre, humaine fragile barbare imbécile,
au milieu de la fin du monde,

je ferme les yeux,
je me bouche les oreilles,
je zappe,

je sais,
mieux vaudrait hurler,
ou pleurer,
ou agir,
ou n'importe quoi plutôt que rien,

mais c'est comme ça,
je suis paralysée par le choix,
clouée par l'urgence,
contaminée par le pessimisme,

quand je serai grande,
je changerai la fin du monde.

Mano m'ignore parce que Tino lui a dit que Carrie en avait marre de me voir traîner tout le temps avec Lila et Lucie. Elle avait pourtant proposé qu'on se retrouve après manger au coin du réfectoire pour rester tranquilles entre potes, mais on avait souri comme si on se moquait d'elle et ça l'avait énervée. Donc elle a demandé à Tino d'arrêter de nous calculer et Tino a dit à Mano de faire pareil.

Maintenant Mano Tino Carrie nous regardent en mode agressif et s'en vont quand on s'approche. Ils chuchotent à l'oreille des autres élèves dans la cour et nous montrent du doigt.

Bientôt la moitié du collège sera au courant et défendra la victime Carrie, contre nous les moutons noirs du troupeau, à abattre pendant la récréation. Même les profs, même les surveillants, ils participeront à la chasse en fermant les yeux. On devra se cacher pour esquiver les insultes et les croche-pieds, démonter la rumeur, laver nos réputations, regagner le respect petit à petit. Ça prendra un jour ou deux semaines, le temps de souffrir et de comprendre qu'on est rien, juste des nains dans la foule, et qu'on peut être écrasés au premier mouvement, à la seule volonté de la victime devenue toute puissante : une reine de douleur, Carrie. On sera les victimes de la victime.

Et ça continuera ainsi de suite : bientôt Mano ou Lucie ou un sixième sera condamné à son tour sans discussion, attaché à un poteau du préau, exposé aux flèches et aux crachats.

Harcèlement ça s'appelle.

L'infirmière comme le gendarme ou le principal sont venus nous l'expliquer en cours : le harcèlement c'est moche et puni par la loi, il faut le dénoncer quand on en est victime ou témoin, ne jamais rester muet ni sourd aux harcelés.
Mais la loi est du côté des méchants qui sont les plus forts. Le monde est organisé par eux pour eux. Et moi faible je n'ai qu'une possibilité : le silence. Juste mon poing fermé dans la bouche en attendant que le harcèlement cesse. À peine quelques coups de compas dans mon bras pour montrer que j'ai mal. Et toutes mes amies qui trahissent, qui mentent, qui blessent encore et encore ? Elles sont heureuses, populaires, tranquilles. Alors quoi retenir de leurs leçons d'égoïsme ? Comment survivre dans la meute d'orgueils ? Suis-je obligée de participer au massacre ?

Vendredi
(Avant)

Tous les Talents du collège s'échauffent s'entraînent répètent s'habillent se maquillent se coiffent stressent dans le foyer des élèves transformé en fourmilière. Des danseuses hip-hop nouent un foulard sur leur front en shootant dans les balles des jongleurs qui bousculent des comédiens en plein essayage de costumes. Une chorale de sixièmes essaye de s'entendre par-dessus le bruit d'une équipe de gymnastes qui se barbouillent de poudre en tapant dans leurs mains. Des garçons tremblent pendant que des filles vont mourir de trac. Des pions menacent d'heures de colle des quatrièmes qui arrosent tout le monde avec un déodorant volé à une cinquième. Des profs traversent pour rassurer leurs Talents et repartent sans avoir pu comprendre un mot dans les larmes et les cris.

Dans un coin, Mano Lucie Lila et moi, on enfile nos kigurumi. Mano est une licorne rose, Lucie et moi des pandas, Lila une panthère bleue. Épiphony en uniformes !

— J'étouffe sous la capuche ! souffle Mano.
— Tu la mettras sur scène.
— J'ai déjà chaud.

— Ouais.
— Comment je vais jouer avec mes manches ?
— Remonte-les.
— Trop stylé.
— Tout le monde va se moquer.
— On s'en fout.
— Je vais vomir. Ou pleurer. Ou mourir. J'ai l'estomac dans les orteils.
— T'inquiète.
— Tu vas gérer.
— On est là.

On fait un cercle autour de Mano, genre équipe de basket, épaules contre épaules et les mains serrées au centre. Les yeux dans les yeux, on crie ensemble ÉPIPHONY !

— On se calme, menace un pion derrière nous.

Une prof de maths débarque avec un papier et nous dresse la liste de passage : on est les avant-derniers. Avant nous se succède une vingtaine de Talents à attendre. Autant de temps pour avoir peur et désespérer.

— On peut pas passer dans les premiers ? demande Lucie.
— Eh non, répond la prof. Vous êtes les stars !
— Mais on a jamais joué !
— Et vous êtes en troisième, alors faut montrer l'exemple.

— Justement, si on était premiers on pourrait…
— Allez allez, c'est comme ça, la liste est faite, point !

La prof sort du foyer et tout le monde s'agite, encore plus excité.
Lucie enlève son costume.

— Je vais pas rester comme ça deux heures.
— Moi non plus.

On redevient nous et nous sortons du foyer pour rejoindre le hall où le public commence à s'installer, parents, frères et sœurs, potes et profs, peuple du collège ou d'ailleurs.
Je repère mes parents qui me cherchent dans la foule, je prends la main de Lila, on file par la petite porte dans la cour où la nuit est tombée sur des grappes d'élèves qui discutent et des arbres sombres et des bâtiments éteints. On se faufile dans le coin tranquille contre la fenêtre du réfectoire.

— J'ai l'impression que je vais exploser, je dis. Mon cœur il tape. Regarde.

Je pose sa main sur mon cœur.

— Ah ouais grave ! elle dit.
— T'as vu ?
— Ouais ma pauvre !

— J'ai jamais eu si peur.
— Moi pareil. Mais je transpire, regarde.

Elle penche la tête et me montre son front qui brille.

— Et je te montre pas mes aisselles ! J'ai trop honte.
— Pas grave.
— Comment on va faire ?
— Comme on peut, comme d'habitude.
— Mais là c'est exceptionnel, c'est la première fois qu'on joue !
— Ouais je sais. Comment on va faire ?
— Oh là là.

Je cale ma tête dans son cou, je respire son mélange de peur et de peau et de parfum.

— Tu sens bon, je murmure.
— Tu rigoles ? Je pue la sueur à cent milles !
— Non. Enfin si, mais ça sent bon !

Elle me regarde comme si j'étais folle, avec un sourire à sécher toutes les aisselles.

— T'es belle, elle dit.
— J'allais le dire.

Je la prends dans mes bras et je serre du plus doux que je peux.

— Je t'ai écrit une lettre, je dis. Mais je te l'ai pas envoyée.
— Pourquoi ?
— Je sais pas.
— Tu m'écrivais quoi ?
— Que… Pfff, c'est difficile à dire.
— Vas-y, lance-toi.
— Ouais.
— Dis-toi que c'est une chanson !
— C'est pire !
— Dis-toi qu'on va mourir sur scène et que c'est ton dernier souffle !

Je prends un grand bol d'air et je dis :

— Je suis bien avec toi Lila tu sais ?
— Ouais, moi aussi.
— T'es mon amie, ma meilleure.
— Ouais, toi aussi.
— Mais en plus… En plus…
— Ouais ?
— En plus t'es belle et tu sens bon.
— Ok !
— Et je t'aime je crois enfin voilà.

Elle ne dit plus rien. Elle garde la tête baissée.

— Lila ?

Tout à coup, je vois une larme qui tombe de son visage sur sa cuisse. Je relève une mèche de ses cheveux.

— Lila ? Tu pleures ?

Elle s'approche et colle son front contre le mien.

— Moi aussi. Moi aussi. Moi aussi Rosa.
— Pourquoi tu pleures alors ? je lui demande.
— Personne m'aime moi. Même pas ma mère. Ni mon père. Ils m'ont jamais rien dit d'amour. Que de la haine. La misère. Et là, toi, je m'attendais pas. C'est comme un cadeau. Mais j'ai pas mérité. J'ai rien fait pour toi.
— Des sourires. Des gestes. Des notes de musique. C'est énorme tout ça, Lila ! J'avais pas rêvé mieux ! Allez, arrête de pleurer. Cherche pas pourquoi. Prends ce que je te donne.

Elle ouvre sa main. J'y pose mes lèvres.

Vendredi
(Pendant)

La voix de Mano crie dans la cour.

— ÉPIPHONY ! ÉPIPHONY !

Lila et moi d'un bond on retrouve Mano et Lucie dans le foyer qui ressemble à une grande brocante de vêtements de chaussures de trousses à maquillage jetés par terre au milieu des sacs de cahiers de livres.

— Après les clowns c'est à nous, dit Lucie.

On remet nos kigurumi, on sort du foyer et on glisse sur le côté de la scène où trois cinquièmes déguisés en clown se lancent des verres d'eau à la figure en chantant *À la claire fontaine*. Le public rigole un peu. Je remarque que tout le hall du collège s'est rempli des élèves et des parents et des frères et des sœurs. J'ai peur soudain. Je réalise dans quoi je me suis embarquée. Je chuchote dans l'oreille de Mano :

— T'es sûr qu'on y va ?

Il hoche la tête avec un grand sourire.

— T'as les paroles ? il me demande.
— Ici, je réponds le doigt sur mon front.

Les clowns tentent une pyramide à trois, mais aucun ne réussit à grimper sur les épaules de l'autre : ils chutent chacun leur tour dans un cri d'enfant repris par les plus jeunes gens du public. C'est moyen drôle. De toute façon, avec le trac qui me noue la gorge et le ventre, je suis incapable de rire, c'est à peine si j'arrive à respirer.
Les clowns saluent sous les applaudissements mous. Puis la prof de maths prend le micro.

— Ils ont mis leur plus beau pyjama, elle dit. Ils font du rock de genre, c'est comme ça qu'ils appellent leur musique. Je vous demande d'accueillir comme il se doit : la panthère Lila, Lucie et Rosa les pandas, et la licorne Mano !

Des gens crient. Ça siffle dans mes oreilles. Mon cœur s'emballe. Lucie va brancher son piano, Mano sa guitare, Lila sa basse. Je m'avance vers le micro. J'ai l'impression que tout se déroule sans moi. Derrière une paroi en verre. Je suis un poisson d'aquarium. Je cherche à prendre l'air. J'ouvre ma bouche.

— Bonsoir, j'articule dans le micro.

Les premières notes de notre hymne *Épiphony* résonne dans la basse de Lila. J'entre avec elle dans le morceau, la voix tremblante, les yeux fermés, les mains serrées sur le pied du micro. Puis Mano gratte un premier accord saturé, une longue ligne grave qui me porte, me rassure, m'enveloppe. Et quand Lucie nous rejoint en percussions électroniques et mélodie piano, nous sommes au complet, complètement dedans, dans la musique, dans notre musique. Je chante. Les notes que nous avons inventées. Sur les mots que j'ai écrits. Je me sens bien. Ce monde est à nous.
J'ouvre les yeux qui tombent dans les yeux d'Emma assise dans son fauteuil au premier rang. Je referme les yeux tout de suite. Je suis surprise par la réalité. Rattrapée. Je me croyais ailleurs. Quelque part dans la musique. Mais c'est mon collège. Je me concentre sur les mots les notes le rythme, j'essaye de ne pas rater le dernier couplet. D'avoir confiance en moi, en nous. Je m'accroche à ma mémoire. À ce qu'on a répété mille fois. Je laisse mes lèvres chanter toutes seules ce qu'elles connaissent mieux que mon cerveau tellement fragile, tellement secoué par l'émotion. Le dernier refrain. Les dernières notes. Silence. Applaudissements. Sifflets. J'inspire un grand coup. J'ouvre les yeux. Emma sourit. À côté d'Antonin Nina Tino qui crient. Et derrière j'aperçois Samia et la gestionnaire. Et mon frère qui se faufile au premier rang. Et les autres troisièmes et les quatrièmes les cinquièmes les sixièmes les pions les familles les profs.

— Merci, je bredouille. On s'appelle Épiphony… On existe depuis deux mois… C'est un…

La guitare de Mano interrompt ma phrase qui allait se perdre dans un embrouillamini et entame *D'autres que moi*. Je ferme les yeux. Je me laisse guider par la musique. Ma langue suit le mouvement. Ma langue est un instrument : je chante.

D'autres que moi vivent
Ailleurs que moi ici
C'est un monde rempli
De gens qui arrivent
D'autres gens qui partent
Pour d'autres ailleurs qu'ici

Je n'irai jamais
Là où d'autres vont
Je resterai là
Où je serai moi
Mieux qu'ailleurs
Je veux être maintenant

Quelqu'un
Quelqu'une
Parmi
Les autres

Lucie se trompe un peu dans le rythme du refrain. Je la regarde à côté de moi, les lèvres pincées sur son erreur, la sueur brillante sur ses tempes. Je regarde Lila qui essaye de remettre le morceau sur le bon tempo en fronçant les paupières, et Mano penché sur ses cordes. Chacun cherche ensemble. Un vent glacial souffle dans nos esprits. Je regarde le public qui écoute, je reconnais d'autres visages qui ne voient pas le problème et commencent à danser sur place. Peu à peu *D'autres que moi* retrouve sa forme. Et moi j'ai moins froid. Mano relève la tête et me fait signe de continuer. Je chante.

Je suis née
Où je suis née
J'irai mourir
Où j'aurai vécu
Quand j'étais perdue
Dans un moment
D'avant maintenant
Quand je serai changée

En quelqu'un
En quelqu'une
Parmi les autres

Jusqu'au bout des mots, des mélodies. Applaudissements. Sifflets. Au premier rang apparaissent mon père et mon frère sur ses épaules qui me fait coucou.

— Merci, je dis.

Lila et Lucie démarrent à fond *Force 2* et le public s'anime se déhanche.

Je chante.

Je garde les yeux ouverts.

Vendredi
(Après)

Dans le chahut des gens et le bruit je discute avec mon prof de français qui me dit que mes textes sont chouettes et lui rappellent Rimbaud, quand ma mère s'approche serre la main du prof qui s'en va en me félicitant encore, elle me dit qu'elle a aimé le concert même si c'est pas son genre de musique, elle me demande si c'est elle Lila et quand je hoche la tête elle dit qu'elle est jolie, puis mon frère s'agrippe à mon kigurumi en gémissant qu'il en veut un aussi et mon père me prend dans ses bras me disant qu'il est fier de moi, et Samia et Antonin poussent le fauteuil d'Emma et tout le monde m'embrasse même la gestionnaire, et la prof de maths m'avoue qu'on va leur manquer l'année prochaine.

Je reviens dans le foyer pleine de compliments de baisers de sueur et je tombe dans les bras de Lucie et Mano en train de se changer. Nous sommes aussi fatigués que joyeux, aussi à plat qu'au sommet.

— C'était top non ? je demande.
— Ouais. Faut qu'on te parle, dit Lucie.
— Assieds-toi, prévient Mano.

À voir leurs têtes, je ne m'attends pas à une bonne nouvelle. Je redescends de mon nuage en flèche et j'atterris sur une table.

— Qu'est-ce qu'il y a ?

Ils se regardent pour savoir qui va commencer mais personne ne se décide.

— Allez ! Dites !
— Bon, se lance Lucie, d'accord, c'est moi qui… Bon. En fait, alors, on a, en fait, on a quelque chose, genre, secret, total secret, que tu dois garder pour toi, même si, genre, si…
— D'accord, c'est bon, je le jure, c'est quoi ? je m'impatiente.
— Alors, reprend Mano, c'est Lucie qui voulait, moi je savais pas, mais comme elle voulait, j'ai dit ok, alors, en fait, tu sais que mes parents connaissent les parents de Lila ?
— Euh, non.
— Pas grave, en fait mes parents connaissent les parents de Lila et des fois ils s'invitent à manger, pas souvent mais ça arrive, et la dernière fois, les parents de Lila sont venus avec d'autres gens, des amis…
— D'accord…
— Ils ont mangé, mais comme c'était du poisson, j'aime pas le poisson tu sais ?
— Bon, Mano tu peux raccourcir ton histoire s'il te plaît ? je demande.

— Ouais, bon, alors je mangeais chez mon voisin comme j'aime pas le poisson…

— Ce qu'il veut te dire, interrompt Lucie, c'est qu'à ce repas y'avait un type d'une radio, Radio comment ?

— Radio 2.

— 2 ?

— Ouais, Radio 2.

— Je connais pas, je dis.

— En tous cas, le type de cette radio quoi, continue Mano, il a demandé à mes parents s'ils connaissaient des musiciens, genre inconnus, parce qu'il était à la recherche, enfin, tu vois, de nouveaux groupes…

— Et ses parents ont dit qu'ils connaissaient quelqu'un…

— Moi, dit Mano la main sur son cœur.

— Avec un groupe de jeunes qui promettent… dit Lucie.

— Et du coup, les parents de Lila ont dit aussi que ce groupe c'était genre de la tuerie, alors le type de la radio a demandé s'ils avaient un disque ou un site Internet, et les parents de Lila ont dit qu'ils savaient pas mais qu'ils allaient se renseigner…

— Et ils en ont parlé à Mano qui a dit aux parents de Lila de proposer au type de venir nous voir ce soir en concert…

— Mais il pouvait pas, dit Mano.

— Alors Mano a envoyé un message aux parents de Lila pour avoir le numéro du type et ils lui ont donné et il l'a appelé…

— Et je l'ai appelé.

— Et ?

Mano et Lucie se regardent comme s'ils hésitaient encore à m'avouer la vérité.

— Il, enfin, on a parlé, et il voudrait nous rencontrer pour, peut-être, nous enregistrer, dans, genre, une semaine, dans le studio de la radio…
— Génial ! je dis.
— Ouais…

Ils baissent la tête tous les deux.

— Vous êtes pas contents ? je demande.
— Si, si… marmonne Mano. C'est juste qu'en discutant avec le type, on a discuté, et, en discutant on a parlé de Lila… Et…
— Le type a dit que Lila était en train de partir en vrille… Qu'elle avait dit à ses parents qu'elle allait se barrer…
— Quoi ?! Où ça ?!

Je descends de la table où j'étais perchée, je dégringole encore sur la terre ferme, j'empoigne Mano et je le secoue.

— Où elle veut partir ? Dis-moi ! OÙ ?
— On sait pas, dit Lucie en me prenant les mains. Mais on se disait que peut-être tu savais… Qu'elle t'avait parlé…
— Non, je dis, non… J'en savais rien. Mais elle est où là ?
— Elle a dit qu'elle allait dehors, dit Mano en haussant les épaules.

— Mais ses affaires ont disparu…

Effectivement, à l'endroit de nos fringues, manque le sac de Lila et ne reste que son kigurumi.

Je me précipite dans la cour en appelant Lila, Lila dans la nuit, mais les gens qui se retournent n'ont pas son visage.

Le silence
Immense
Lourd
A pris toute la nuit

On a cherché partout
Un signe de toi

Et collé des affiches
Sur les murs de la ville

Ta photo ton nom tes vêtements
Un numéro de téléphone collé à la nuit noire
?

Hasta siempre

Je fais défiler les photos de Lila dans mon téléphone. Visages de sourires posés dans le passé. J'ai peur. L'impression que je ne pourrai pas surmonter ce malheur.
Je rêve d'une magie. Un tour de magie tout simple. Une phrase à dire pour que Lila revienne.
Mais j'ai beau penser très fort. Toutes les formules dans ma tête. Allumer. Éteindre. Rallumer. Lila ne revient pas.

Au matin, ma mère me réveille pour m'annoncer que Lila est partie en Espagne.

— On l'a retrouvée à la gare de Barcelone, elle précise.
— Barcelone ? je me lève d'un coup. Barcelone ? Elle est où maintenant ? Qui t'a dit ça ?
— C'est Mano qui vient d'appeler. Elle est dans un poste de police à Barcelone.
— Faut y aller.
— Et ses parents ?
— Ils iront pas.
— Quoi ?
— Ils s'en foutent.
— Mais non, voyons, Rosa, moi si c'était…

— Oui mais c'est pas toi et c'est pas moi ! Faut y aller, tu m'emmènes ? je dis en m'habillant à toute vitesse.
— Mais Rosa, enfin... On va pas...
— Comme tu veux. Je prends le train.
— Mais Rosa...
— Quoi ? Tu peux m'emmener au moins à la gare ?
— Bon, je vais appeler ses parents.

Elle sort de ma chambre, je l'entends parler à une boîte vocale, pendant que j'envoie un message à Mano : Direction Barcelone ? Il me répond Peux pas t'y vas ? Je dis Oui, il me souhaite Bon voyage. Je mets mes chaussures.

— Ils ont pas répondu, dit ma mère en entrant, j'ai laissé un message. Ils sont peut-être en route...
— Maman, ses parents iront pas en Espagne, ils s'occupent pas de leur fille, c'est même pas la peine de leur demander. Est-ce que tu peux m'emmener à la gare, s'il te plaît ?
— Rosa, je te laisserai pas aller en Espagne toute seule comme ça... T'as même pas déjeuné !
— Je vais prendre un paquet de gâteaux.
— Et tu vas dormir où ? Tu vas faire comment là-bas ?
— Je vais chercher Lila !
— Tu sais même pas où elle est !
— Je trouverai. Bon, tu m'emmènes ?

Elle soupire. J'enfile mon blouson et mon sac à dos sur les épaules.

— C’est loin, tu sais ?
— Je sais.
— Tu tiens autant à elle ?
— Oui.

Elle regarde son téléphone.

— Pas de réponse.

Elle soupire.

— On attend dix minutes, elle décide. Si on n’a pas de réponse, je t’emmène. Ça te laisse le temps de manger et de te laver au moins les dents.
— Merci, Maman.

Dix minutes plus tard, on est dans la voiture. Je mange une orange et ma mère démarre. Le paysage défile, de notre rue à l’autoroute. Des zones commerciales aux stations-services. Du matin au midi. On s’arrête boire un café, faire le plein d’essence, repartir. Je dors la tête sur la vitre. Ma mère bâille en écoutant la radio. On parle de moi, d’elle, de nous, de mon père, de ma sœur, de mon frère, de tout, de rien. On compte les camions. On se moque des gens dans les autres voitures. La pluie parfois. Le soleil. Les nuages. Le vent. On ouvre les vitres aux péages.

— J'ai froid, je dis.
— Je ferme.
— Non, laisse un peu ouvert, on respire dehors.
— Si ton père était avec nous, il serait déjà en train de grogner.
— S'il était avec nous, c'est lui qui conduirait. Toi tu serais à ma place, et tu ronflerais sur le carreau. Et moi je serais à l'arrière. Coincée entre un qui bave et l'autre qui rebondit.
— C'est un résumé de nos vies ?
— On est des saintes.
— Faudrait qu'on reste à Barcelone quelques jours ! C'est plein d'églises où se faire adorer !
— Chiche ?

J'écris un poème dans mon téléphone le long de l'autoroute :

Soustraction

Reviens.
Il fait froid sans
Il fait nuit nous
Tellement je t'.

Je dis n'importe
Je ne pense qu'à
J'écris nul.
Reviens.

(

On achète un sandwich dans une station. Le genre triangle avec une pâte de saumon sur éponge de salade. On le mange debout devant la porte de la boutique, en bougeant les jambes, pliant les genoux, pour se détendre du siège. Les gens sont comme nous : la démarche de nouveaux-nés, le visage fripé, la voix qui dérape, ils sortent d'une fusée.
On remonte en voiture. L'estomac plombé par une sauce impossible.

— J'ai mal au ventre, je dis.
— Moi aussi.
— Et il reste encore de la route à faire.
— C'est loin hein ?
— J'espère que Lila sera toujours au commissariat.
— On va d'abord aller à la gare.
— J'espère qu'elle va bien. Elle doit trop flipper, toute seule. J'aimerais pas être à sa place.
— Moi non plus. Mais pourquoi elle a fugué comme ça ?
— Je sais pas. Après le concert elle a pété un câble et elle a disparu.
— Vous vous êtes disputées ?
— Non, pas du tout. Je sais pas pourquoi elle a fait ça, tout allait bien…
— Y'a des raisons des fois, qui nous échappent… Le cerveau des autres, déjà le nôtre on maîtrise pas bien, alors les autres… Moi quand j'avais ton âge, j'ai fugué.

— Ah bon ?

— Ouais, j'étais amoureuse. Je suis partie avec mon petit copain à la campagne. En bus. On voulait être libres. Mais quand on a débarqué au milieu d'un village, on s'est demandés ce qu'on faisait là. On a commencé par s'engueuler. C'est mon père qui est venu nous chercher.

— J'ai du mal à t'imaginer comme ça.

— Comment ?

— Amoureuse. Jeune.

— Comme toi quoi ? Ben oui, j'ai été comme toi.

— Pardon.

— Quoi ?

— C'est pas gentil ce que je dis, t'es pas vieille.

— Merci. Je suis encore un peu jeune. Et amoureuse aussi.

— Ah ça non !

— Eh si, j'aime ton père. Pas comme quand j'avais ton âge bien sûr, mais je l'aime. Vraiment.

— Il est trop chiant.

— Oui.

— Trop sérieux.

— Oui.

— Il fait toujours la gueule.

— Oui. Mais je l'aime.

— C'est ouf.

— Oui, je sais. Même moi, j'en reviens pas !

On passe la frontière d'Espagne. Depuis plusieurs kilomètres, ça sentait l'ailleurs sur les pancartes, mais là le drapeau national flotte et annonce : *España – Bienvenidos.*
Ma mère ralentit.

— À combien c'est limité ici ?
— Illimité, on est pressées.

Je prends une photo des champs d'oliviers de chaque côté de l'autoroute et je l'envoie à Mano et Lucie qui me répondent par un *Go go!* souriant, le pouce levé bien haut et vert vif comme l'espoir.

Plus on s'approche, plus Barcelone se fait attendre, on perd patience, on remue sur nos sièges, on monte le son de la radio pour chanter à tue-tête, on tape en rythme sur le volant, sur le tableau de bord, sur nos cuisses, on encourage les voitures devant nous qui traînent, on ouvre les vitres pour happer un peu d'air espagnol, *¡Hola! ¡Vámonos! ¡Arriba!*

— C'est toi qui vas parler, dit ma mère au péage. Moi je connais pas un mot d'espagnol.
— *Vale*.

À l'employé du péage, je prononce mon premier *Buenos días*, encore un peu timide. Il me répond par un *Bon dia* bien catalan.

Puis c'est Barcelone, on suit la direction de la gare, rien ne change vraiment d'une ville en France, les mêmes magasins, les mêmes immeubles, les mêmes visages au volant, les mêmes pauvres couchés sur les trottoirs. Changent juste les maisons de Gaudí, et quelques statues qui ne ressemblent pas à Napoléon. On stationne au dépose-minute de la gare, on entre dans le hall à la recherche d'un uniforme qu'on trouve finalement près d'un stand de burgers.

— *Por favor...*

Mon premier *Por favor* sent encore beaucoup le camembert, mais je réussis à baragouiner deux, trois phrases pour expliquer l'histoire de Lila et demander où elle pourrait être maintenant.

— *Comisaría, carrer de Balmes 192*, il me répond.

On reprend la voiture, je programme le GPS, on fonce vers le commissariat, comme dans un film sans gyrophare, à travers les rues et les *Rambles*. On se gare devant le 192, on entre au milieu des flics, le regard balayant les bureaux pour dénicher Lila, mais *nada*.
Je tente d'expliquer à un flic qui m'évacue d'un geste de la main vers un autre qui rigole de mon accent.

— Vous êtes française ? il me demande.
— Oui, je lui réponds un peu choquée.

— Moi aussi. Votre amie n'est pas ici.
— Elle est où ?
— Au centre d'urgence des enfants. Vous voulez l'adresse ?

Il griffonne sur un papier, on le remercie, on court jusqu'à la voiture mais la voiture n'est plus là : à sa place il y a un fourgon de police et des flics qui fument. On tourne autour en se disant qu'on a peut-être oublié, qu'on s'est peut-être trompées, que la voiture est peut-être plus loin, on cherche un peu dans les rues proches sans succès. On retourne dans le commissariat, tombe nez à nez avec le policier qui parle français.

— Excusez-nous, mais notre voiture a disparu, elle était garée devant, elle n'est plus là… raconte ma mère.
— Devant le commissariat ?
— Ben oui.
— C'est interdit, vous n'avez pas vu les panneaux ?
— Non, tu les as vus toi ? ma mère me demande.
— Non.
— Elle doit être à la fourrière, dit le policier.
— La fourrière ?! En si peu de temps ?
— Oui. Ici on ne plaisante pas avec le parking. Vous avez la carte d'immatriculation ?
— Tenez.
— Attendez.

Il part dans un couloir, entre dans un bureau.

— C'est dingue, dit ma mère. On est restées combien de temps garées là ? Ils sont fous ici.
— En même temps, c'est un commissariat… je souffle.

Le policier revient.

— Effectivement, elle est en chemin vers la fourrière.
— C'est fou…
— Vous voulez l'adresse ?

Il griffonne sur un papier et nous laisse dans le hall, désorientées.

— Qu'est-ce qu'on fait ? je demande.
— Aucune idée.
— On va d'abord chercher Lila ?
— Ou la voiture ?
— C'est pas possible, putain… je rumine. Mais pourquoi ?! Merde !
— Chut, Rosa…

Ma mère me prend par le bras et m'emmène sur un banc où je pleure en maudissant la police, l'Espagne et le monde automobile.
Les gens passent devant nous, parfois menottés, ou s'assoient, l'air anxieux, les mains croisées sur des convocations.

— Bon, faut y aller, je renifle.
— À la voiture ?
— Je sais pas, mais faut y aller, Lila nous attend.

On sort du commissariat, on attend un taxi qui passe devant nous sans s'arrêter, un deuxième, un troisième, on lève la main, on crie, on se met en travers de la route, le quatrième taxi stoppe.

— *Buenos días*, j'articule au taxi qui ouvre sa vitre.

Et j'explique qu'on veut aller à la fourrière sans connaître le mot que ma mère cherche sur son téléphone.

— Vous êtes française ? me demande le taxi.
— Ben oui.
— Dites-moi en français.
— Fourrière.
— *Fourèr ?*

Un policier s'approche pour nous ordonner de laisser la voie libre. Le taxi en profite pour lui demander s'il comprend quelque chose à *fourèr*. Il secoue la tête. Ma mère lève son téléphone en signe de victoire et braille :

— *¡Depósito!*

Le taxi et le flic la fixent en hochant la tête. Puis le taxi nous fait signe de monter dans la voiture pendant que le flic retourne fumer avec ses collègues.
On roule dans le flot d'une heure de pointe, au son des informations espagnoles que le chauffeur commente en grognant, le bras gauche posé sur un coin de vitre ouverte, jusqu'à la fourrière. Ma mère paye en tentant un *Gracias* plein de maladresse mais qui arrache un sourire au taxi.
Dans le *depósito*, on repère tout de suite notre voiture fraîchement garée à l'entrée. Pressées, on se tait, on paye, on récupère notre voiture, je programme le GPS sur l'adresse du foyer des enfants où Lila croupit depuis des heures, on démarre.

— Ça commence à nous coûter cher cette petite excursion en Espagne, maugrée ma mère.
— Je suis désolée, Maman.

On atteint enfin le *Centro de los Niños*, on se gare très consciencieusement, et on se dirige vers l'accueil où nous toise une vieille chouette, les lunettes rondes, le cou rapide.

— *¿Sí?*
— *Venimos para Lila Castagnier, una Francesa*, je bafouille.
— *¿Están de su familia?*
— *No. Somos amigas.*
— *Vale. Voy a buscarla.*

Elle sort de son nichoir et revient avec Lila qui fond en larmes dès qu'elle nous voit. Je pleure pareil, je cours à sa rencontre, je la prends dans mes bras, je la serre si fort qu'elle ne m'échappera plus.

Quand ma mère a signé les formulaires nécessaires, on reprend la voiture et on sort de Barcelone.
Je passe sur la banquette arrière, la tête de Lila sur mes cuisses, je caresse ses cheveux, j'observe ses paupières, ses lèvres, je ne lui pose aucune question, je laisse ça pour plus tard. Pour l'instant, c'est juste la joie d'être avec.

Ma mère me regarde dans le rétroviseur avec un sourire. J'articule en silence un merci géant.

The end

J'ai fini mon cahier.
J'ai fini ma saison.
Je ne sais pas si je vais continuer à écrire.
J'ai envie.
Je ne sais pas.
Là, tellement de choses se bousculent : les cours, le brevet, Lila, Épiphony, les amis, les parents…
Il faut aussi que je trouve un autre cahier.

J'espère que quelqu'un a réussi à lire jusqu'ici.
Sinon c'est pas grave : ceci est un journal, il a donc une durée limitée, il finira au feu ou en emballage à champignons. En boule dans une corbeille. En chapeau pour les jours de pluie. En mouchoir pour les jours de rhume. En haut-parleur pour les jours de colère. En puzzle pour les jours d'ennui. En chansons pour les jours d'amour.

Cyclo

Les nuages glissent
Sur moi qui passe
Des larmes au rire
Du jour à la nuit
En un clin d'œil.

La vie est un ciel
Qui tourne.

Sébastien Joanniez

Né en 1974 à Dijon, Sébastien Joanniez est comédien, dramaturge et écrivain. Son œuvre compte plus d'une vingtaine de romans, d'albums et de pièces de théâtre pour la jeunesse, publiés chez de nombreux éditeurs. Il vit actuellement en Ardèche.

On a supermarché sur la lune est son premier roman publié à La Joie de lire. Il a reçu la mention spéciale pour le Prix Vendredi 2022 et a été sélectionné pour le prix RTS Littérature Ados 2024.

Jamais dire toujours, son prochain recueil de poésie, sortira à La Joie de lire en mars 2025. Un nouveau roman est en cours.

Retrouvez d'autres romans de la collection ENCRAGE

Le soir de ses dix-sept ans, Viktoria, une adolescente à la dérive, assiste à un concert de rock. Ce qui ne devait être qu'une soirée entre amis vire au sordide. La jeune fille se réveille dans le lit de Jay, le chanteur du groupe. Sans aucun souvenir de la veille. Angoissée par cette situation à risque, Viki est rapidement confrontée aux moqueries des élèves de son lycée. Jay est l'un des garçons les plus populaires, dont la réputation sulfureuse n'est plus à faire. Mais ce dernier ne semble pas la considérer comme une énième conquête. Se pourrait-il que cela soit le début de quelque chose de plus qu'une histoire d'un soir ? Rien n'est moins sûr pour Viktoria qui, habituée à être en lutte avec le reste du monde, préférerait plutôt crever que de tomber amoureuse.

Traduit de l'allemand par Hélène Boisson

« Marcher vite, marcher fort
Jambes qui volent comme des notes
Sur la portée
Bottes qui virevoltent
Une noire, une blanche
Deux doubles croches
À très hauts talons
Élégance, insolence
Je danse »

Et si le féminisme se disait en poèmes ?
C'est le choix de Sophie Carquain
qui nous emporte dans sa révolte généreuse.

L'auteur remercie le Centre National du Livre
de l'avoir soutenu pendant l'écriture de ce roman.

Les Éditions La Joie de lire bénéficient d'un soutien structurel
de l'Office fédéral de la culture pour les années 2021-2024.

Les Éditions La Joie de lire bénéficient du soutien
de la République et canton de Genève.

5 chemin Neuf, CH-1207 Genève
ISBN : 978-2-88908-595-8
Deuxième édition : octobre 2024
Dépôt légal : mai 2022
Imprimé en Allemagne
Ce livre est 100% neutre en carbone
Mise en page : Pascale Rosier et Christelle Duhil
www.lajoiedelire.ch